新 潮 文 庫

文豪ナビ 山本周五郎

新潮文庫編

新 潮 社 版

7552

「おれはおれだ、おれには
おれの生きかたがあるんだ」
新八はそう呟いた、
「人間は生れついたようにしか
生きることはできやしない、
おれはおれで
好きなように生きるだけだ、
ふん、どうせ
百年とは生きやしないんだから」

——『樅ノ木は残った』

こんなとき読みたい周五郎 ❶

仲間や友人が何より大切だ。他人を押しのけてでも勝ちたい。ほんとうの自分はどっちですか？

自分の中には、二人の自分がいるみたいだ。
そんなふうに思ったこと、ないですか？
気が弱いくせに、突然大胆になってみたり。
ふだんは正義漢なのに、なぜか悪に惹かれたり。
好きな人といるのに、独りになりたいと思ったり。
『樅ノ木は残った』は、
あなたという人間の中に入り交じっている
二面性に気づかせてくれます。

ひとの心はわからないと思ったこと、ありますか。
世の中は不公平だと感じたこと、ないですか。
納得のいく生き方がしたい、と思いませんか。

そんなあなたに読んでほしい。

『樅《もみ》ノ木は残った』

自分の弱さを知った人だけが貫ける「人間道」とは?

山本周五郎の代表作は、NHK大河ドラマにもなり大好評だった。

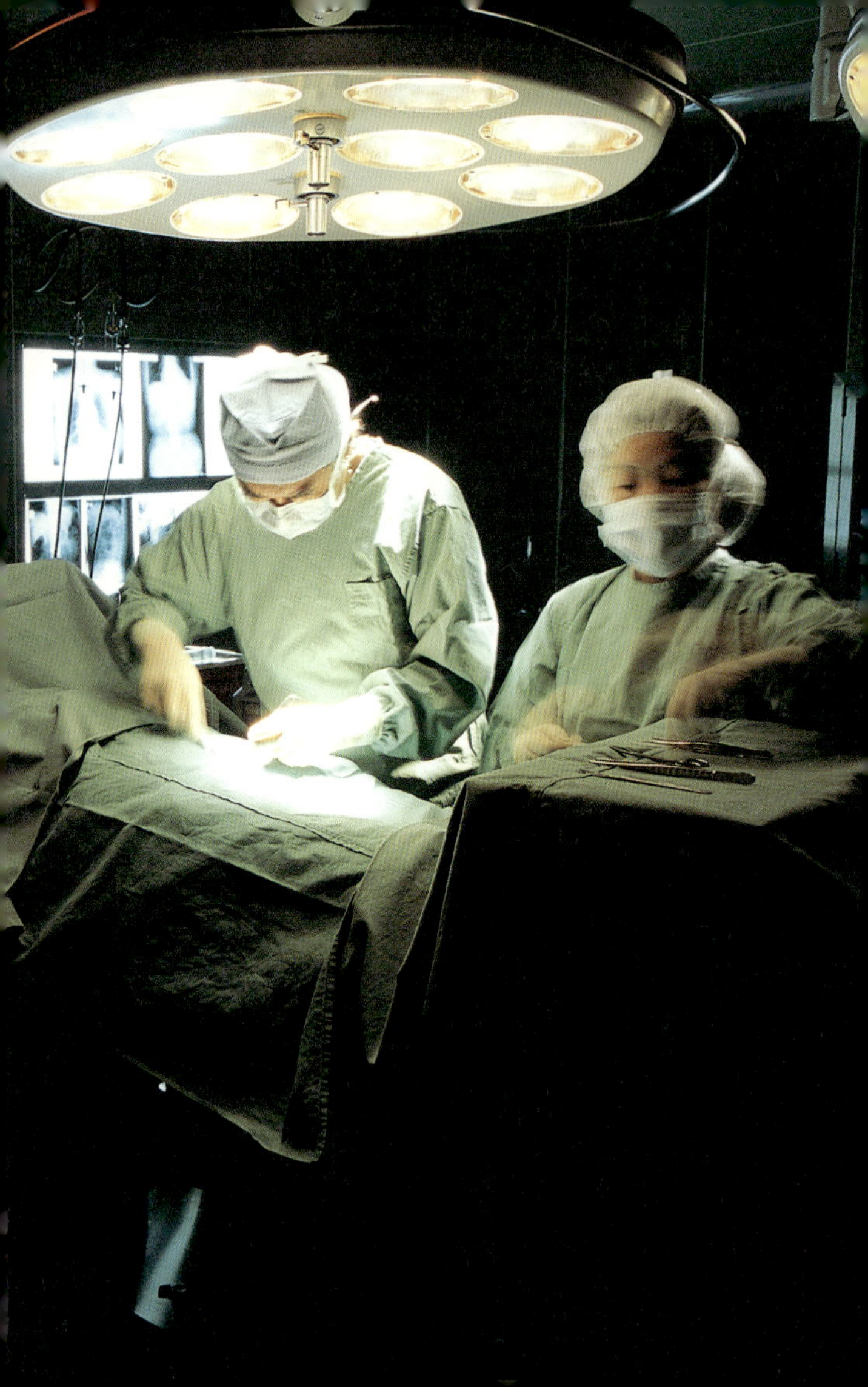

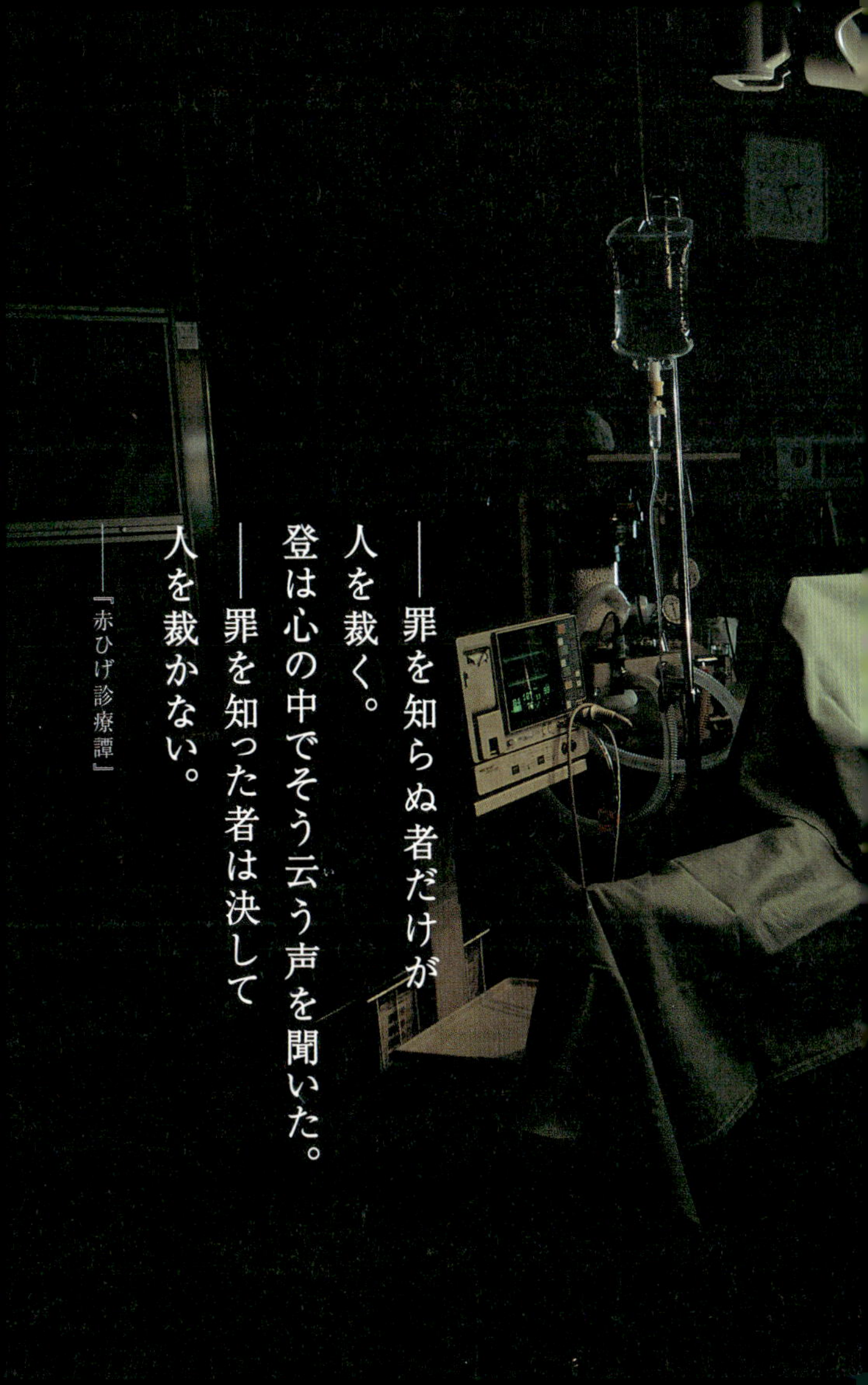

——罪を知らぬ者だけが
人を裁く。
登は心の中でそう云《い》う声を聞いた。
——罪を知った者は決して
人を裁かない。

——『赤ひげ診療譚』

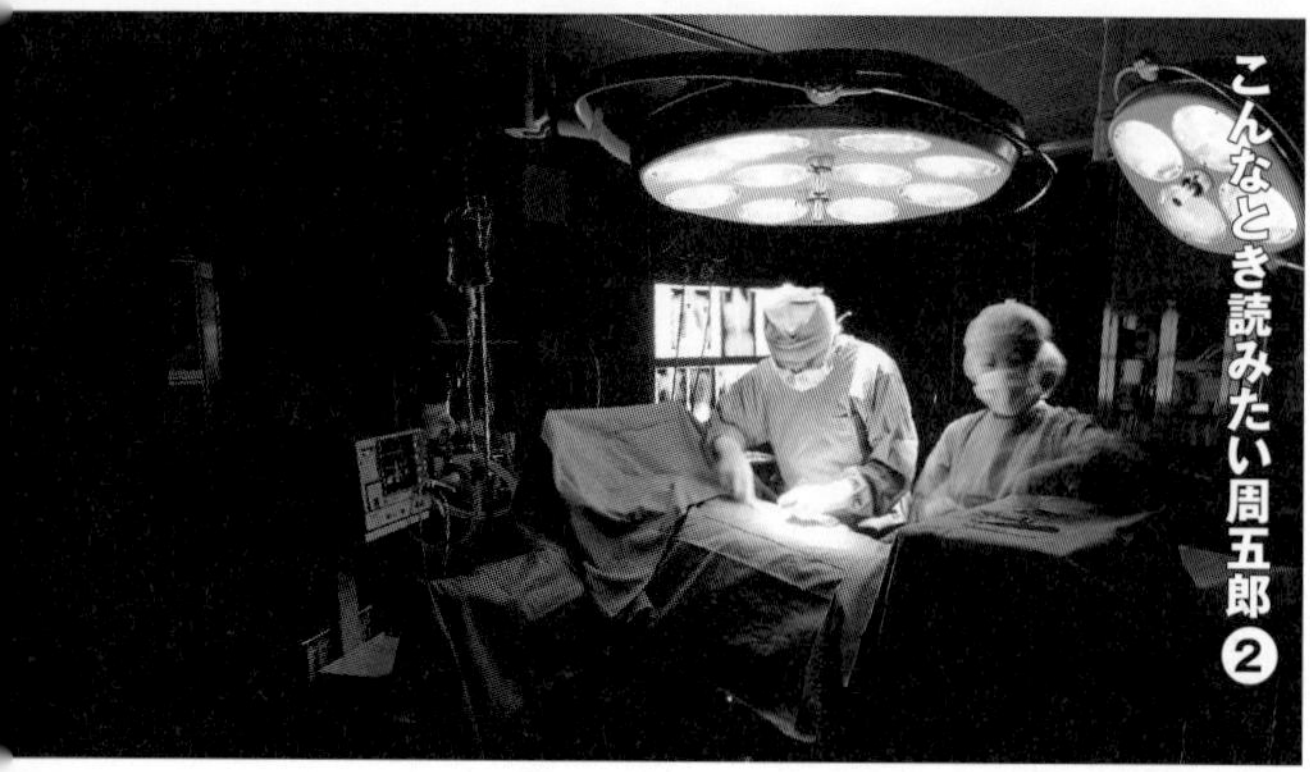

こんなとき読みたい周五郎❷

もしあなたが病気になったら
どんなドクターに
治療してもらいたいですか？

生命にかかわる病気だとしたら、
患者の気持ちをわかってくれて、
しかもプロとして的確な判断と優秀な技術を
持ったドクターに診てもらいたい。
誰もが願うそんな気持ちが、
近ごろの本や雑誌、インターネットで花ざかりの
「名医さがし」につながっているのかもしれません。
『赤ひげ診療譚』には、
患者と真っ直ぐに向き合う

だいじな人を亡くしたこと、ありますか。
治療に不満を感じたこと、ないですか。
ブラックジャックやDr.コトーは、好きですか。

そんなあなたに読んでほしい。

『赤ひげ診療譚』

周五郎の人間を見る目は、なんとも やさしい!

『赤ひげ診療譚』早わかり ⇒ P30
声に出して読む ⇒ P89
作品の詳しい説明 ⇒ P132

ドクターの熱い血が脈打っています。

医は仁術か?　現代医療の実態をえぐった作品とあわせて味わいたい。

源助大根
90円
味わいたまご
84円
84円
105円
厚揚げ
73円
がんも
105円

法治国だからどうの
ということをよく聞くが、
人間がこういう言を口にするのは
人情をふみにじる時に
きまっている。

——『寝ぼけ署長』

富める者にも、貧しき者にも
権力者にも、犯罪者にも
人生は一回きりしかない。

人は過ちを犯すこともある。
でも、そのあとどうするか、で
その人の価値は決まるし、
どうしたら再び起きないようにできるか、が
社会の知恵のしぼりどころ、ではないでしょうか。
日本中の権力のある人が
『寝ぼけ署長』のような人ばかりだったら、
もっと住みやすい世の中になるのに。
そんな気にさせる名署長の名推理に、

正義の味方にあこがれたこと、ありますか。
法律には血が通ってないと思ったこと、ないですか。
ミステリーは、お好きですか。

そんなあなたに読んでほしい。

『寝ぼけ署長』

人情味あふれる、周五郎唯一の探偵小説

あなたも挑戦してみてはいかが？

こわもてだけじゃ町の平和は守れない。二人の「昼行燈《ひるあんどん》」署長に拍手。

文豪ナビ　山本周五郎

目次

イラスト●野村俊夫　写真●広瀬達郎　編集協力●北川潤之介

5ページ写真

前／新潮文庫『樅ノ木は残った（上）』

後／DVD『NHK大河ドラマ 樅ノ木は残った 総集編』（1970年作品 出演・平幹二朗、吉永小百合、田中絹代／発行・NHKソフトウェア／販売・アミューズ）

9ページ写真

右／DVD『白い巨塔』（2003年作品／出演・唐沢寿明、江口洋介／発売・フジテレビ映像企画部／販売・ポニーキャニオン）

左／新潮文庫『赤ひげ診療譚』

13ページ写真

右／たかもちげん『警察署長①』（モーニングKC／講談社）

左／新潮文庫『寝ぼけ署長』

本書は書下ろしです。
データは刊行時のものです。
【撮影協力】セブン‐イレブン・ジャパン

超早わかり！　周五郎作品ナビ

山本周五郎 おすすめコース

周五郎のニックネームは「曲軒」。へそ曲がりという意味。あの直木賞を辞退した、ただ一人の作家なんだ。その幻の受賞作が「小説 日本婦道記」です。

せちがらい世の中。カサカサに乾いた心をうるおすには「泣く」のが一番！　気持ちがくじけそうになった時、周五郎がよく効きますよ！

さぶ ＜ **かあちゃん** ＜ **小説日本婦道《ふどう》記** ＜ **樅《もみ》ノ木は残った** ＜＜

ちょっとグズ、でも誠実そのもののさぶと、職人の腕も男っぷりもいい親友の栄二。一途な男の友情に、読めばあなたも思わず涙。

人生に挫折したエリート医師保本登を救ったのが〈赤ひげ〉。ブラックジャック、Dr.コトー…名医ってどんな人のこと？人を救うってどういうこと？感動で涙が止まりません！

よじょう

赤ひげ診療譚

青べか物語

ながい坂

虚空《こくう》遍歴

周五郎は権威が大キライ「よじょう」では剣聖宮本武蔵を、英雄ではなく見栄っぱりで鼻持ちならないインチキ男として描いてます。

「**青**べか物語」は周五郎の「現代もの」の代表作。舞台はいまでは東京ディズニーランドの敷地になっています。住人たち一人一人の「物語」に、笑いすぎて涙がでるかも。

あなたにピッタリの周五郎作品は？

タイトルは有名だけど本当に面白いの？　どんなタイプの話かわかれば読む気になるんだけど…。「超早わかり！ 周五郎作品ナビ」なら、あなたにピッタリの周五郎に出会えます。

泣いて笑ってほだされて、嚙《か》めば嚙むほど味が出る
周五郎「人間劇場」で、あなたは生きる勇気を手に入れる

ホロリとしたり、ジワーッときたり、ホンワカしたり、カーッとなったり、しんみりしたり。ココロが動けば、カラダが奮い立つ。喜怒哀楽は、人間が生きていくためのチカラになるのだ。周五郎ワールドは、まさに人間世界の縮図。人生に立ち向かう気力がくじけそうになった人に、これ以上はない栄養剤だ。さあ、気持ちを入れて、よっ、待ってました！

あなたの「泣くチカラ」を引き出してくれる
周五郎は涙のツボ押し名人だ

世の中はせちがらい。仕事や勉強に追われ、情報の洪水に溺《おぼ》れ、目先の欲を追い求める。いつのまにかあなたの心も、ドライ・アイならぬ「ドライ・ハート」になってはいないだろうか？　そんなときは「泣く」※のがいちばん。あったかい涙で、

疲れ切った心や砂漠のように乾燥してカサカサになった心にしっとりした「うるおい」を取り戻すのだ。

涙といっしょに、自分を苦しめた会社や学校での嫌な思い出が洗い流される。そして、つまらないことで一喜一憂して、友だちの成功をねたんだり意地悪な上司を憎んだりする「ちっぽけな自分」までも洗い流してくれる。でも、どうしたら泣けるの？

そこで、山本周五郎の登場になる。彼の作品には、どれにも心を揺さぶる思いやりや献身的な愛情、心を解きほぐすやさしさがぎっしり詰まっている。しかもそれだけじゃない。「他人を泣かせる卑劣な人間性」や「人間を泣かせる非道な社会」についても、鋭く踏み込んでいる。そのうえで、今は心おきなく泣けばいいと、教えてくれる。だから、ピュアな涙があふれてくるのだ。

涙は明日を生きる活力だ。ひと泣きすれば、ぐっすり眠れる。

※「泣く」ということは、実はストレスの発散にもなり、精神的な効用があるという。泣ける本として『天国の本屋』（新潮文庫）や『世界の中心で、愛をさけぶ』（小学館）などが話題になったが、こうした本の読者にも、山本作品はオススメ。

翌朝には、社会生活に立ち向かう気力が、あふれていることだろう。

『さぶ』で一途《いちず》な男の友情に泣く

山本周五郎のことを、これから愛情を込めて「山周」と呼ぶ。実は、本人はそう呼ばれることを嫌ったそうなのだが、ここではあえてお許しいただこう。山周作品には、時代ものが多い。その題材も、「武家もの」「下町もの（長屋もの）」「こっけいもの」「岡場所もの（遊女もの）」「不思議もの」など、バラエティに富んでいる。

まずは、江戸下町を舞台にした『さぶ』※で泣いてみよう。

「小雨が靄《もや》のようにけぶる夕方、両国橋を西から東へ、さぶが泣きながら渡っていた」――この書き出しからして、ウルウルくる。

※
『さぶ』は面白かった。泥臭い生ぬるい話で垢抜けないなあって思いながら読んでいたのに、読み進めていくうちに、なぜか私は泣いていた。私が今まで手にした本の中で最も長い話だったが、今まで読んだ本の中で一番簡単に体内に入ってきた」（瀬尾まいこ『図書館の神様』（マガジンハウス 二〇〇三年刊）の一節）と、称賛者多数。

また、『無頼無法の徒 さぶ』のタイトルで映画化（一九六四年、野村孝監督）もされている。出演は小林旭、長門裕之、浅丘ルリ子。

さらに二〇〇二年にも『SABU さぶ』の夕

題名は『さぶ』だが、本当の主人公はさぶの親友の栄二といっていい。二人は同い年の住み込み職人。さぶは、不器用で愚鈍だが、誠実そのもの。栄二は、腕もいいし、男っぷりもいい。だが、誰かから無実の罪を着せられ、石川島の人足寄場《にんそくよせば》に収容されてしまう。人間不信から社会を憎むようになり、復讐《ふくしゅう》のことしか考えられない栄二。だが彼は、さぶや仲間、恋人のおすえの力で立ち直り、見事に社会復帰を果たした。ところが、ショッキングな真実が明らかになる。なんと、栄二の罪を仕組んだのは、最愛の恋人であり、いまでは妻のおすえだったのだ。彼の愛を独占したいがために。

山周は、「あなたなら、どうする？」「君なら、妻を許せるかい？」と語りかけてくる。あなたも、「自分が栄二だったら、立ち直れただろうか」「許せる罪と、絶対に許せない罪とがあるはずだ」などと考え、大いに悩むことだろう。栄二は、おすえを許した。このクライマックスは、泣ける。

イトルで再映画化。三池崇史監督、藤原竜也・妻夫木聡など出演。

『さぶ』

声に出して読む ➡ P83
エッセイ（乙川優三郎）➡ P111
作品の詳しい説明 ➡ P129

ちょっとグズだが、純粋で、栄二を信じているさぶ。おすえだけでなく、さぶがいるから、栄二は生きていける。「栄ちゃん。おれだよ。さぶだよ」という人なつっこい声が、読み終わった後でもあなたの耳にエコーしているだろう。

『かあちゃん』で、切ない母心に泣く

人間が最もピュアな気持ちで涙を流すのは、母親を思うときだろう。お母さんは、お腹《なか》を痛めて私たちを産んでくれた。そして、苦しい家計をやりくりして、私たちを一人前に育ててくれた。その母親から、「お前のように自分勝手な人間を産んで育てた覚えはないからね」と叱《しか》られたら、どんな大人だってシヨンボリしてしまう。

『かあちゃん』※（『おごそかな渇き』収録）の母親お勝は、強く、やさしく、たくましい「日本の母」の代表格。クライマックス

※二〇〇一年映画化（市川崑監督）。母・お勝は岸惠子。

『かあちゃん』

作品の詳しい説明 ➡ P129

で若者は、お勝に向かって、「かあちゃん」とつぶやいて救われるのだ。ここでおもわず、こちらもホロリとさせられちゃうんだよなあ。

『小説 日本婦道記』で無償の愛に感動する

山周は、直木賞※※を辞退した、たった一人の作家である。その幻の直木賞受賞作（辞退作）が、『小説日本婦道記』。男に「士道」や「職人魂」や「商人魂」があるとしたら、女にも「婦道」がある。この婦道は、「幼時には父に従い、結婚後には夫に従い、老後は子どもに従え」というような、封建的でカビの生えた「三従」の教えなんかじゃない。

「自分らしく生きる」って、どんなことだろうか。この難問に答えようとして、「自分以外の人々を幸福にすることだ」と強く自覚した女性たちのユニークな「ライフ・スタイル」。それ

『小説 日本婦道記』

無冠の実力派への道①➡P70
作品の詳しい説明➡P136

※※文藝春秋社の社主・菊池寛が、友人でもあった直木三十五を記念して昭和十年に創設した文学賞。当時も今も、大作家への登竜門的な位置づけにある賞。

が、山周の言う「婦道」。

永いこと一緒に暮らした夫も知らなかった意外な妻の一面が突然に明らかになる、というドンデン返しを山周は好んだ。自分が幸福な人は、誰がそれを支えてくれているのか、知らない。知らなくてもよい。無言の、そして無償の奉仕こそ、愛の姿だ。その美しい愛を拾い上げて、ピュアな心の記念碑として作品を完成させた短編集だ。

人間の価値は、「実際に何をしたか」ではなく、「これから何をするか」「何をしようとしたか」で決まる。小説に描かれた人々の「思い」に感動し、深く共感したとき、あなたはきっと人生の大きなヒントを授かることだろう。

山周の後継者と目されている作家の一人に、乙川優三郎※がいる。「山本周五郎賞」の受賞者の一人だ。乙川の小説を読むと、「この人は、山周の小説に感動して何度も泣いているな」と直感する。たとえば、『小説日本婦道記』の中に、『墨丸』とい

※本書一〇八頁からのエッセイは必読。今、もっとも活躍中の時代小説作家。『喜知次』は、東北の小藩の派閥抗争を背景に、少年の成長を清冽に描いた傑作時代小説。

う短編がある。感動的な作品だ。そのあとで、乙川優三郎の長編『喜知次』を読んでみる。すると、山周から乙川へと、「感動と涙」のエッセンスが確かにリレーされたことがわかる。

『樅《もみ》ノ木は残った』で男の生きざまに打たれる

心で泣いても、顔は笑っている時もある。『樅ノ木は残った』のヒーロー原田甲斐《かい》は、仙台藩の御家騒動である「伊達《だて》騒動」の張本人とされていた。歌舞伎《かぶき》の※『伽羅先代萩《めいぼくせんだいはぎ》』では、極悪非道の悪玉として描かれている。山周は『樅ノ木は残った』で、この原田甲斐をわが身を犠牲にして、伊達藩を幕府の取りつぶし策から守り通した人として描き、みごと名誉回復してのけた。まさに一作品で歴史をひっくり返したのだから、すごい。

感動的な小説をたくさん書いた山周のニックネームは、意外にも「曲軒」。へそ曲がり、つむじ曲がり、という意味になる。

『樅ノ木は残った』

10分で作品を読む ➡ P38
エッセイ（嵐山光三郎）➡ P76
声に出して読む ➡ P95
作品の詳しい説明 ➡ P134

※江戸時代に作られた歌舞伎の人気演目の一つ。仙台藩のお家騒動が題材だが、武家への遠慮から鎌倉時代に仮託して描かれている。原田甲斐は、お家乗っ取りを企む妖術使いとして登場する。

『樅ノ木は残った』は、まさに曲軒の真骨頂。野蛮と優雅。弱者と強者。それが一人の人間の中に入り交じっていることを見せつけてくれる。

それにしても原田甲斐の孤高の「死にざま」は壮絶だ。いつまでも語り継がれるだろう自分の悪名。子孫も、処刑されて断絶する。そこまでして、「士道」、いや「人間道」を貫いた原田甲斐。まさに死ぬことが「生きざま」でもあったのだ。だからこそ、「弱さを恥じないときのほうが強いものだ」という甲斐の言葉には、力がある。自分の弱さを知った人だけが、「縁の下の力持ち」になれる。なかなかできるもんではないよね。

この作品のもう一つの妙味は、武士を捨てて町人となり、芸能の道に生きようとする新八とみやの存在である。この二人は、吉川英治※の『宮本武蔵《むさし》』の又八と朱実《あけみ》のカップルと似ている。原田甲斐や武蔵とは違った意味で、彼らも人生の勝者に思える。

※『宮本武蔵』のほか、『三国志』『私本太平記』など、ベストセラーは数知れない。国民的作家と呼んでよい作家の一人。映画『鳴門秘帖』やNHK大河ドラマ『太閤記』など映像化された作品も多数。

『よじょう』の反骨精神に快哉《かいさい》を叫ぶ

直木賞辞退でもわかるように、曲軒こと山周は、権威が大嫌い。『樅ノ木は残った』では悪漢・原田甲斐のイメージをプラスに転換した。短編『よじょう』（『大炊介始末《おおいのすけ》』収録）では、剣聖・宮本武蔵のイメージをマイナスに一転させてしまった。すごい力わざである。かつては吉川英治の『宮本武蔵』、今は井上雄彦《たけひこ》の『バガボンド』※※。英雄として描かれることの多い人物である武蔵を、見栄坊《みえぼう》の鼻持ちならないインチキ男として一蹴《いっしゅう》しているのだ。

でも、山周の目は、「善人も悪人も、正直者も見栄坊も、みんな同じ」と物語る。武蔵だって並はずれた英雄ではなく、平凡な人間としての側面もあった。この当たり前のことを見せつける。そして、剣聖として肩肘《かたひじ》張ってセコセコ生きるのと、凡

※※吉川英治の原作を人気漫画家井上雄彦が手がけて大好評。「週刊モーニング」誌連載。

『よじょう』

エッセイ（乙川優三郎）➡P111
作品の詳しい説明➡P142

人であることを隠さずに安らかに生きるのと、どっちが本当の幸福なのか、と問いかけてくるのだ。

凡人である私たちは、ともすれば自分にないものに憧《あこが》れて、英雄を待ち望みがちだ。しかし、欠点を持つありのままの自分を否定せず、しかもどこまで自分を高められるか。そこに人生の課題はあるのだ、と山周は訴えている気がする。

『赤ひげ診療譚《たん》』は江戸版ブラックジャック

日本の名医の代表といえば、赤ひげ、ブラックジャック※。近頃評判がいいのは、Ｄｒ・コトー※※あたりか。『白い巨塔』※※※の財前は、腕はいいが、人間に問題がある。

『赤ひげ診療譚』は、人生で最大の挫《ざ》折《せつ》に直面したエリート医師の保本登《やすもとのぼる》が、小石川養生所《ようじょうしょ》の門をくぐるところから物語がはじまる。長崎遊学から江戸に帰ってみると、結婚を約束してい

『赤ひげ診療譚』
声に出して読む ➡ P89
作品の詳しい説明 ➡ P132

※　いわずと知れた漫画家・手塚治虫の代表作。二〇〇四年、新たにアニメ化された。

た女性が別の男とデキてしまっていた。なおかつ、配属先は出世コースとは裏腹の養生所。もちろん本人は、失望し、イヤなやつになっている。

その登を救ったのが、「赤ひげ」こと新出去定《にいできよじよう》。この型破りの名医は、貧しい患者たちから神のように慕われている。その彼が、登に言う。「おれは盗みも知っている、売女《ばいた》に溺れたこともあるし、師を裏切り、友を売ったこともある、おれは泥にまみれ、傷だらけの人間だ、だから泥棒や売女や卑怯者《ひきようもの》の気持がよくわかる」。どことなく、『金八先生』や『ヤンキー先生』のセリフみたいだよね。生死にかかわる病気にかかったら、ぜひとも「赤ひげ」先生に診てもらいたいと思わないか？

傷つき、苦しみ、泥の中から救いを求めた経験者でなければ、他人を救えない。この教えが、登の人生を変える。そして自分を裏切った女性もまた、自分以上に苦しんでいたのだと思えた時に、彼の歩むべき人生が見えてくる。そう、第二の「赤ひげ」

※※
山田貴敏作の人気漫画『Dr.コトー診療所』の主人公で、離島の診療所で奮闘する青年医師。吉岡秀隆主演でドラマ化もされた。「ヤングサンデー」誌連載。

※※※
大学病院の赤裸々な実態を描いて話題を呼んだ山崎豊子のベストセラー小説。二〇〇三年から二〇〇四年、唐沢寿明・江口洋介主演で放映されたテレビドラマも大好評だった。

への道だ。

　ここに、山周の人間観の本質がある。この小説にも、イヤな人間が何人も出てくる。そういうどうしようもない悪男悪女にすら、善男善女へ変貌《へんぼう》するチャンスがあると考えるのだ。だから、憎い敵をやっつけて「ああ、せいせいした」という結末には絶対にならない。この自分だって、善人にも悪人にもなれるのだから。それにしても、悪に注ぐ山周の目の何というやさしさ。どうすれば、こういう神様のような心境に到達できるのだろうか。

　世界のクロサワ、黒澤明監督は山周作品を愛し、『赤ひげ』をはじめ、いくつも映画化した※。その作品ばかりをチョイスして読むのも楽しい読み方だ。『日日平安』を読んで、「あれっ、これが『椿《つばき》三十郎』の原作だったの？　だいぶ印象が違うな」なんて、ね。

※
『椿三十郎』（一九六二年、三船敏郎主演）、『赤ひげ』（一九六五年、三船敏郎・加山雄三出演）、『どですかでん』（一九七〇年、頭師佳孝・菅井きん出演、『季節のない街』が原作）。

『青べか物語』の人間模様に泣いたり笑ったり

『青べか物語』は、山周の「現代もの」の代表作。舞台は、貧しい漁師町・浦粕《うらかす》（浦安のこと）。今では、文明の最先端と言うべき東京ディズニーランドの敷地となっている。

ここで暮らす人間は、誰も彼もが「むきだしの人間」。貧しく、強欲で、下品で、好色で、開けっぴろげ。出てくる男と女は、子どもたちですら、一人一人が切ない「物語」をもっている。読み進めると、笑いすぎて、時には涙がこぼれてくる。

どこにでもあるような平凡な土地だ。そして、単純な人たちだ。だが、その単純と平凡の中に、深い感動や大きな後悔が宿ることがある。まさに、この場所は人生のからくり小屋だ。読者は、興味津々《しんしん》でこの小屋の中に入って「他人の人生」を覗《のぞ》かずにはおれない。そのうち、「あれっ、これは自分の人生だ」

『青べか物語』

10分で作品を読む ➡ P49
エッセイ（嵐山光三郎）➡ P73
声に出して読む ➡ P97
作品の詳しい説明 ➡ P134

と気づいて、驚かされる。

「泣き笑い」と「サプライズ」も、山周の得意技だった。

人生の答えがきっと見つかる山周ワールド

山周ワールドには、ありとあらゆるタイプの人間が登場する。まさに、人間の見本市。悪人まで含めて、みんな、愛すべき人間たちだ。彼らに触れることで、「人間らしく生きる」ことの具体的なイメージが読者にも見えてくる。山周、おそるべし。

サスペンス小説『五瓣《べん》の椿』のヒロインは、人間の尊厳のために、悪人を殺し続ける。

短編『おさん』は、男なしで生きられない哀《かな》しい性をもった女の悲劇。

あまり「曲軒」らしくない、ストレートな夢物語にも、味がある。『山彦《やまびこ》乙女』は、スティーヴンソンの『宝島』を思わせ

『おさん』

10分で作品を読む➡P66
エッセイ(嵐山光三郎)➡P78
声に出して読む➡P102

る痛快な宝探しのお話。主人公の男は、手に汗を握る宝探しの末に、宝物は手に入らなかったが、理想の恋人を探し出し、「本当の自分の生き方」まで見つけることができた。

時として、運命の神のむごさを突きつけることがある。『柳橋物語』は、旅立つ庄吉《しょうきち》から「帰るまで結婚せずに待っていてくれるか」と突然にプロポーズされて、とっさに「ええ待っているわ」と答えてしまったおせんの半生の物語。本当は庄吉よりも幸太が好きだったのだと気づいたとき、すでに幸太はこの世の人ではなかった。不用意な一言が、「幸福になれたかもしれない未来」を打ち砕く。でも、その不幸のどん底を体験したからこそ、本当の幸せを知ることができた。そう考えれば、運命の神様もやさしい。

そして、何か大きな人生の悩みに直面したときに、山周の誇るあと二つの高峰（大長編）『ながい坂』※と『虚空《こくう》遍歴』※※にアプローチしてほしい。「泣かずに人生を突き詰める話」が待っ

※
下級武士に生れ、幼い頃に受けた屈辱にも負けず、一歩一歩人生を踏みしめていく男の半生を描いた長編。文庫で上下巻合計約千百頁。

※※
侍の身分を捨てて、芸の世界に入った旗本の次男。その芸道との孤独な苦闘を描いた長編。文庫で上下巻合計約七百四十頁。

ていてくれる。

「太宰治《だざいおさむ》が青春のバイブルならば、山本周五郎は壮年《おとな》のバイブルだ」とも言われるが、少なくとも泣ける、ということにかけては老若男女《ろうにゃくなんにょ》を問わない。一晩中、心ゆくまで泣き明かすこともできる。そして、「さあ、やるぞ」という勇気まで分けてもらえる。あなたが、人生の曲がり角に直面したとき、こう思いたってみてほしい。「そうだ、山周に聞いてみよう」。きっと「今の自分」に最も必要な一作が見つかるはずだから。

木原武一

【きはら・ぶいち】

1941年東京都生れ。東京大学文学部卒。文筆家。著書に『大人のための偉人伝』『父親の研究』『要約 世界文学全集Ⅰ・Ⅱ』、翻訳書に『聖書の暗号』などがある。

10分で読む「要約」山本周五郎

『樅ノ木は残った』

万治《まんじ》三年七月十八日。幕府の老中《ろうじゅう》から通知があって、伊達陸奥守《だてむつのかみ》の一族伊達兵部少輔《ひょうぶしょうゆう》、同じく宿老《しゅくろう》の大条兵庫《ひょうご》、茂庭周防《もにわすおう》、片倉小十郎、原田甲斐《かい》、伊達家の親族に当る立花飛騨守《たちばなひだのかみ》ら六人が、老中酒井雅楽頭《うたのかみ》の邸《やしき》へ出頭し、左のような申し渡しがあった。

「伊達むつの守、かねがね不作法の儀、上聞に達し、不届におぼしめさる、よってまず逼塞《ひっそく》まかりあるべく、跡式《あとしき》の儀はかさねて仰《おお》せいださるべし」

申し渡しのあと、陸奥守綱宗《つなむね》にその旨《むね》伝えられ、綱宗は品川の下屋敷《しもやしき》へ移った。

七月二十五日の早朝。原田甲斐宗輔《むねすけ》は、自分の居間で手紙を書いていた。彼は六尺ちかい背丈で、色の浅黒い、温和な顔だちをしている。おもながで、その額に三筋の皺《しわ》があり、その皺が四十二歳という年齢を示しているようでもあった。甲斐が書いている手紙は、周防定元（現に国老）の父、茂庭佐月《さつき》に送るものであった。佐月は国老を勧めていたが、いまでは隠居して、くにもとの志田郡松山の館《たて》に、ひきこもっていた。

――殿さま逼塞の沙汰《さた》以来、連日連夜の重臣会議で、十九日夜、坂本、渡辺、畑、宮本ら四人が刺殺されたことなどは、周防どのから、使者で申上げたと思う。聞くところによると、会議は殆《ほと》んど一ノ関（伊達兵部少輔）さまの自由にされているらしい。一ノ関さまは、幕府閣老のなかでも権勢のさかんである酒井侯と昵懇《じつこん》のうえ、姻戚《いんせき》関係にもあり、その発言には誰も正面から反対できないもようである。御先代（忠宗）の御他界の際、古内主膳《ふるうちしゆぜん》（故国老）が「兵部さまにはよくよく注意せよ」と遺言されたが、それから僅《わず》か二年、どうやらその懸念《けねん》があらわれはじめたように思われる。

甲斐は手紙を里見十左衛門に渡し、「では、あちらで」と机の前から立ちあがった。

原田はよく朝の食事に人を招いた。「原田の朝粥《あさがゆ》」とひろく知られていた。もちろん粥を出すわけではなく、ひととおり椀や皿や鉢ものが並び、殆んど例外なしに酒が付いた。彼は「筋目《すじめ》」といって、国老になる家柄で、柴田郡船岡《しばたぐんふなおか》で四千二百石ほどの館《たて》主《ぬし》である。重臣のひとりだから、つきあいもひろいが、甲斐は誰にも好かれていた。

甲斐には敵がなかった。彼は自分ではあまり口をきかず、人の話を聞くほうであった。いつも穏やかで、感情を表にあらわさないいし、乱暴な動作や、高い声をだすようなことも稀《まれ》にしかなかった。甲斐と対坐《たいざ》していると、人はなごやかな気分になり、心のなかを残らずうちあけたくなる。

その朝の客は三人、仙台へ使者に立つ里見十左衛門と、四百石の物頭《ものがしら》の蜂谷《はちや》六左衛門に伊東七十郎という顔ぶれで、それに、湯島の隠宅に住むおくみが加わった。いま二十七歳になる七十郎は、桃生《ものう》郡小野の二千七百石の館主、伊東新左衛門の義弟で、伊達の家臣ではなかったが、義兄の縁で、伊達の諸家へ出入りしていた。

「これだけははっきりさせておきます」と七十郎は云《い》った。「諸侯のなかにも曲輪《くるわ》がよいをする人はたくさんある。にもかかわらず、侯だけが譴責《けんせき》された、六十万石の、まだ二十歳そこその若い大守が、僅か八日か九日、お忍びで曲輪へかよったというだけで、放蕩《ほうとう》とか身をもち崩したとかいうのはおかしい。かてて加えて、四人の者が、侯に放蕩をすすめたという理由で暗殺された、それも上意討という名目でです。原田さん、暗殺者たちが上意と云った、その人が誰だか、聞かせてくれませんか」

「もうそのくらいでいい」と甲斐は云った。「――飲まないか」

暗殺された畑与右衛門の遺児、宇乃《うの》と虎之助《とらのすけ》は、増上寺の塔頭《たっちゅう》で、伊達家の宿坊になっていた良源院に移された。姉の宇乃は十三歳、弟の虎之助は六歳だった。

「私が二人のおじさんになってやろう」と甲斐は云った。「向うに木が一本あるだろう」

「樅ノ木でございますか」

根まわりは両手の指を輪にしたくらいの太さで、高さはおよそ八尺ばかりある。

「これまで船岡から移したのは枯れてしまったが、この木は育つようだ。この樅ノ木を大事にしてやっておくれ」甲斐はやさしく宇乃の軀《からだ》をひきよせた。

「はい、おじさま」宇乃は思った。おじさまはお淋《さび》しい方なのだ。

小石川の普《ふ》請《しん》小屋の近くで、甲斐は駕籠《かご》をおりた。柵《さく》の中を動いていた提灯《ちょうちん》が停り、木戸があいた。小屋では茂庭周防と伊達安芸《あき》が待っていた。

「船岡どのもまだ知らない、新たな秘事がわかったのです」と周防が云った。「五日前、将軍家側衆《そばしゅう》のひとり、久世《くぜ》侯大和守広之《やまとのかみひろゆき》さまから夜ぶんに忍びでまいれという使いがあったのです。邸にまいると、寝所にとおされました。密談のためだったのです」

甲斐はしずかに、扇子で蚊を追った。酒肴《しゅこう》の膳があるためか、ひどく蚊が多かった。

周防の話しは重大であった。老中の酒井雅楽頭と伊達兵部とが結託のうえ、仙台六十万石を横領しようとして、その計画を現にすすめている、というのであった。

「六十万石を二つに割り、三十万石を一ノ関さまに分配するという談合があったと」

「——そうはさせぬぞ」安芸は低い声で云った。

綱宗の逼塞はもはやどうしようもない。しかし、六十万石分割という陰謀は重大である。元和《げんな》五年に福島正則《まさのり》が除封されてから、蒲生《がもう》氏、加藤氏、田中氏はじめ、除封削封された諸侯は十指に余る。伊達だとて遠慮はしないだろう。甲斐は溜息《ためいき》をついた。

＊

「今日こそ私は納得のゆくお答えを聞くまでは、断じて動かないつもりですからね」

と七十郎は云った。甲斐は眉《まゆ》も動かさなかった。

「貴方は松山（茂庭周防）ともはなれ、涌谷《わくや》（伊達安芸）とも疎隔された、所労と称して船岡にこもり、仙台本城への勤めも怠っていた、それが一ノ関に推されると、たちまち上府して国老となり、かねて問題になっていた金山《きんざん》所属の件を、一ノ関の利分《りぶん》になるように裁決した。つまり、これらの条件を総合すれば、貴方が一ノ関の与党になったという評は、生ぜざらんと欲するも得べからざるということができるでしょう」

「世評はたいてい好ましいように作られる」と甲斐は云った。

「私の確信が崩れかけたとき、松山は貴方《あなた》と盟約のあることをうちあけ、どこまでも信じているべきだと云われた。原田さん、貴方の本心を聞かせて下さい。貴方は茂庭さんとの盟約を守っているんですか、それとも一ノ関の与党になったんですか」

「私は私であるだけだ」と甲斐は答えた。

＊＊

甲斐はおくみの寝顔を見まもりながら、心の中で思い返した。彼は四十五歳になる今日まで、幾人かの女を知っている。妻の律《りつ》とは十六年の余もいっしょに暮し、四人の子を生んだ。けれども、他の幾人かの女と同じように、これが自分の女、これが自分の妻である、という実感をもったことはなかった。おくみともすでに十一年になるが、寝屋を共にしたのはゆうべが初めてであるし、そうなったいまでも、やはり「自分の女」という感じが少しも涌《わ》いてこなかった。

――いつも、誰かに、どこかから見つめられていた。自分は誰にも、心をゆるせない。どんなばあいにも、こうして寝ていてさえも、心をゆるめるわけにはいかない。

「そうだ」と甲斐は呟いた。「これでは女に情をうつすことなどはできない」

「家中の内紛はいよいよ深く、確実になりつつある、だが、この内紛がどこまでいったら老中の手がはいるか、また、いざというときに、はたして三十万石がおれのものになるかどうか、という点に疑いがあった、雅楽頭という人物には信じきれないところがある。それで今日は二カ条について談合を申しいれたところ、まったく意外にも、婚儀は来春ときまったし、他の一カ条も、まあ、これを見ろ」

——これは、三十万石分与の証文でございますな。

「おどろいたか。侯の自筆自署だぞ。同文の誓紙二通、侯とおれと連署して、一通はおれ、一通は侯の手許《てもと》におかれた。婚儀が済めば侯とは親族となり、この証文が侯の首の根を押える。祝うねうちがあるとは思わないか」

＊＊＊

「伊東七十郎どのが死罪になりました」と早駕籠で駆けつけた使者が甲斐に伝えた。続いて来た急報には、「七十郎が兵部を暗殺しようとした」と書いてあった。その計画が露見し、七十郎は死罪、その父と兄は切腹、家財は闕所《けっしょ》ということであった。

「——無残なことを」と甲斐は呻《うめ》いた。「七十郎は七十郎らしく生き、あまりにも七十郎らしく死んだ。彼はなにごとにも満足しない男だったが、自分だけには満足していたようだ。自分の死にかたについて、さぞ満足していることだろうと思う」

「万治以来の出来事がどういう意味をもっているか、いまそれがどう動いているか、ということを知ってもらいたいのだ」と甲斐は里見十左衛門と、故松山の嗣子、周防主水《もんど》に云った。「権力は貪婪《どんらん》なものだ。必要があればもとより、たとえ必要がなくとも、手に入れることができると思えば、容赦なく手に入れる、権力はどんなに肥え太っても、決して飽きるということはない。ここでもし伊達家改易に成功すれば、加賀、薩摩《さつま》にも手を付ける事に違いない」

「どうして」と十左衛門は云った。「早くその事実を告発しなかったのですか」

「どこへだ、十左衛門、どこの誰へ告発したらいいのだ」甲斐は囁《ささや》くような声で叫んだ。これまでに甲斐が、そんな声でものを云ったことは、いちどもなかった。

「それを遁《のが》れる方法はないのですか」と主水が云った。

「一つだけある。耐え忍び、耐えぬくことだ」

「なにを、どう耐えぬくのです」

「一ノ関の手をだ。涌谷さまと、周防と私とで、相談した、その結果、私は一ノ関のふところへはいって、かれらの企図をつぶさに探り、これを涌谷さまと周防に知らせたうえ、事を未然に防ごうということになった」

「すると貴方は」十左衛門は大きく息を吸いながら云った。「貴方はやはり七十郎や私を、いや、七十郎や私までも騙《だま》されたのですね」

一ノ関の悪政に関する伊達安芸の訴えについて、老中の評定が開かれるのを控え、甲斐は久世大和守に面会を求めた。

「御評定の裁決によっては、一門一家諸館《たて》を合わせて、八千余に及ぶ人数が郷土を追われ家を失い、生きる方途に迷わなければなりません。おそれながら大和守さまは、十年前、伊達家のために御好意をお示し下さいました、このたびの御評定にも、また御好意を願えると信じてよろしゅうございましょうか」と、甲斐は、雅楽頭の寝所から盗み出された証文の写しを差し出した。大和守は証文をひろげ、眼を通した。

「評定は二十七日。そのとき、この証文の実のほうを持って来ることができるか」

「そのほうがよろしければ」


寛文十一年三月二十七日。午前十一時ころ、評定の場所が変更になり、板倉邸で待っていた安芸をはじめ柴田外記《げき》、甲斐、古内志摩の四人の伊達藩国老は、大手下馬先の酒井邸へ向かった。

表て座敷では、安芸が大書院からさがって来、代って古内志摩が呼びだされた。

「心得ておいてくれ、おれはいま老中に、やがて原田甲斐よりごらんに入れる物がある、と申し残してきた」

甲斐は自分の席で、そっと眼をつむった。

そのとき五人の侍がはいって来て、安芸、甲斐、外記を斬った。

——そうか、雅楽頭、やったな。

甲斐はそう思った。

「涌谷さま、大事の瀬戸際です」と甲斐が云った。「これは私が乱心してやったことです。よく聞いて下さい。私は一ノ関の与党、涌谷さまとは対立している筈《はず》です。私が刃傷したとあれば、誰も不審には思いません。酒井侯はそこを覘《ねら》ったのでしょう」

甲斐は半身を起こし、安芸の席の脇にある刀のほうへ手を伸ばし、最後の力をふりしぼって、それを抜いた。そこへ大和守が来た。

「久世侯」と甲斐が云った。

「安芸、——甲斐も聞け」と大和守は云った。「よく聞け、伊達家のことは引受けた、わかるか安芸、聞えたか原田、仙台、六十二万石は安泰だぞ」

【編者からひとこと】

原田甲斐の言葉から——「人は壮烈であろうとするよりも、弱さを恥じないときのほうが強いものだ」「この世には、おのれと同じ人間はいない、人はみな、誰にも理解されない絵を、心のなかに持っているのではないか」「侍の本分というものは堪忍や辛抱の中にある、生きられる限り生きて御奉公をすることだ、これは侍に限らない、およそ人間の生きかたとはそういうものだ、いつの世でも」

『青べか物語』

浦粕町《うらかす》は根戸川のもっとも下流にある漁師町で、貝と海苔《のり》と釣場《つりば》とで知られていた。北は田畑、東は海、西は根戸川、そして南には「沖の百万坪」と呼ばれる広大な荒地がひろがり、その先も海になっていた。蒸気船の発着する「蒸気河岸《がし》」と掘割に沿って、釣舟屋が並び、洋食屋、小料理屋、地方銀行の出張所、三等郵便局、巡査駐在所、消防署、町役場などがあり、その裏には貧しい漁夫や、貝を採るための長い柄《え》の付いた竹籠《たけかご》を作る者や、力仕事のほかには能のない人たちの長屋、土地の言葉で云《い》うと「ぶっくれ小屋」なるものが、ごちゃごちゃと詰めあっていた。私はその町の人たちから「蒸気河岸の先生」と呼ばれ、あしかけ三年あまり独りで住んでいた。

芳爺《よしじい》さんに初めは「東」の海水小屋で、二度目には百万坪で会った。

「おめえ舟買わねえか」と老人は大きな声で喚《わめ》いた。「タバコを忘れて来ちまっただが、おめえさん持ってねえだかい」

私はタバコを渡し、マッチを渡した。老人はタバコを一本抜いて口に咥《くわ》え、風をよけながら巧みに火をつけると、タバコとマッチの箱をふところへしまった。

「いい舟で値段も安いもんだが、買わねえかね」

私が答えると、老人はその答えになんの反応もあらわさず、吸っていたタバコを地面でもみ消し、残りを耳に挟んでから、手洟《てばな》をかんだ。別れるときマッチだけ返してもらったが、急に耳の遠くなった老人は、二度も三度も私の云うことを訊《き》き返し、そのため私は自分がひどい吝嗇漢《りんしょくかん》になったような、恥ずかしさを感じた。

釣船宿《つりぶねやど》の「千本」の三男で小学校の三年生の長《ちょう》から、私は老人のことを聞いた。老人の名は芳、夫婦二人っきりで、三本松の裏に住み、貝の缶詰《かんづめ》工場の倉庫番をしている、ということであった。「工場はやかましかんべ、だからみんなえっけえ声になっちまうだ」と長は云った。長はなお「芳爺さまはそら耳を使う」と云った。

五月のはじめころ、私は三本松のところで老人に捉《つか》まった。三本松といっても、樹齢の古い松ノ木が一本しかない。ずっと昔は三本あったそうであるが、私の聞いた限りでは、それを自分の眼で見たという者はなかった。その松ノ木の脇《わき》に、水から揚げて久しいべか舟が伏せてあった。べか舟というのは一人乗りの平底舟で、貝や海苔採りに使われ、笹の葉のような軽快なかたちをしていたが、そこに伏せてあったのは胴《ぶ》がふくれていてかたちが悪く、外側が青いペンキで塗ってあり、見るからに鈍重で不恰好《かっこう》だった。「あのぶっくれ舟か」と長が或《あ》るとき鼻柱へ皺《しわ》をよらせ、さも軽蔑《けいべつ》に耐えないというように云った。「青べかってえだよ」

「先生はこの土地のことを詳しく見てえって云ってたんべが」と老人が喚いた。「そんなら沖へ出てみるがいいだ、それにはこの舟さえあれば用が足りるだよ。値段もまけるだよ。思いきって五までまけるだ、たった五だ」

私が答えると、「じゃあ、なんだ、先生のこったから思いきって四にすべえ、四だ」

私は、自分が老人に縛りあげられ、ぬけ出すことのできない罠《わな》にかかったことを悟った。「見せえま」と老人は、舟をすばやくひき起こし、舟べりや舳《へ》先《さき》を大事そうに撫《な》でたり叩《たた》いたりした。

「よし、そんなら三と五十にすべえ」と老人は云った。「これで話はきまっただ。それから、こういう売り買いには、買い手のほうでなにか物を付けるのがしきたりになってるだ。豚肉の百匁《め》でもいいし、夏なら西瓜《すいか》の三つくれえかな、うう、おめえよく舶来のタバコを吸ってるようだが」

私は豚肉を届けると答えた。こうして私は「青べか」の持ち主になった。どんなに小さく、そしてぶっくれ舟であるにもせよ、一ぱいの舟の所有者になったのだが、私はうれしくもなかったし、誇りがましい気持にもなれなかった。長をはじめとする少年たちの軽侮の眼や、嘲笑《ちょうしょう》の声を考えるだけで、むしろ急に肩身が狭くなったような鬱陶《うっとう》しい、沈んだ気分にとらわれたのであった。

「いいさ、あんな舟」と私は自分に云った。「乗らなければいいんだ」

私は明くる日、老人のところへ舟の代金と、豚肉を百匁だけ届けた。

船大工から、青べかの修理が終ったという知らせが来た。そのとき修理賃を四つ取られたので、芳爺さんに払った三つ半と豚肉代を加えると、それがかなり高価な買物であったことがわかり、私はもういちど、自分がうまうまひっかかったという事実を確認して、不愉快な気分を味わった。

芳爺さんが青べかを届けて来た日の、午後おそく、机に向っていた私の耳に、舟をつないである根戸川の堤のほうから、子供たちの喚声が聞えて来た。かれらは罵《のの》り叫び、笑いあい、そのあいだに石を投げるような音がした。やがて騒ぎがしずまり、悪童どもは去った。堤へ登ってみると、舟はなかった。

明くる日の昏《く》れがた、窓の外で船宿「千本」の若い船頭、倉なあこ（あにいというほどの意味）の声がした。

「青べかを曳《ひ》いてきただよ」と倉なあこは云った。「沖の三番のみおでふらふらしてただ、どうしただね」私が答えると、彼は、やさしく云った。「しようがねえがきどもだ。やつらもそれほどわる気はねえだからな、一つどなってやればいいだよ」

青べかのふなばたはところどころ欠け、青いペンキはあばたのように剝《は》げていた。

「ひどいめにあったな」と私は彼女に云った。私の心にあたたかな愛情がわきあがった。悪童どもは毎日やって来て青べかの虐待《ぎやくたい》に興じたが、やがて飽きて、青べかには眼もくれなくなった。


私は私の青べかで海に出た。茶の入った大きな湯沸しと、魚煎餅《うおせんべい》とあんこだまと、二三冊の本を持って。海へ出ると櫂《かい》をあげ、舟を流し放しにして本を読む。

春から夏にかけて、浦粕の浜では「活《い》け場」の看視人がいそがしくなる。大汐《おおしお》のときには水際《みずぎわ》から四五キロも沖まで水が退き、見渡す限りの干潟《ひがた》になるため、汐干狩の客が押しかけるが、中には看視を怠ると貝の代金を払わずに帰ってしまう者もいる。

その日、本に読み飽きて、ふと気がついてみると、いつか汐が干てしまい、青べかは砂の上に坐《すわ》っていた。私は暫《しばら》くぼんやりしていてから、ひとつ貝でも採ってやろうか、と独り言を呟《つぶや》いた。そうして青べかからおりて、なんの目算もなく干潟の砂を掘ってみると、なんと、拳《こぶし》くらいの大きな赤貝が幾らでも出て来た。

「すげえや」私は胸をおどらせながら叫び声をあげた、「こりゃあすげえや」

私は昂奮し、軀《からだ》じゅうに幸福感が満ち溢《あふ》れるのを感じた。赤貝はそれほど大きく、また、信じがたいほど数多く、掘れば掘るだけ出て来た。するとこんどは蛤《はまぐり》にぶっつかった。蛤もそれまで見たことのないみごとなやつで、掘る手を待ちかねていたかのように、ぞくぞくと転げ出て来た。そのとき私は、満ち溢れる幸福感の中に一種の不安を感じた。その気分を立証するかのように、一人の男が近よって来た。

「なにをしてるだね」と男は云った。「どこから来ただね」

私が答えると、男は私の青べかを眺め、歯をむきだして冷笑した。

「青べかを買ったのはおめえか。すると蒸気河岸の先生だね。じゃあ信用すべえが」と男は権力の代行者のように云った。「ここは貝の活け場だ、こんなところで貝を採ったりするとただじゃ済まねえだよ」

彼は私の掘った蛤を取ると、水のあるほうへばらばらと放り投げた。私も赤貝どもを男のするように、取っては投げ取っては投げした。男は、沖のほうへ歩いてゆきながら、よく響くしおから声で「そのしとー」とどなった。見ると、二百メートルほど沖を一人の男が西に向って歩いていた。

「おめえそこでなにしてるだ」

「おらなんにも」男はなにも持っていないことを証明するように手を振ってみせた。

「なんにもしてねえって、そんならこんなとけへなにしに来ただ」

「ただのええびだよ」と男は答えた。ええびとは「散歩」というほどの意味で、男は、ぶらぶらと、老百姓が田を見廻ってでもいるかのように、暢気《のんき》そうに歩きだした。

「待てこら、待てっちゅうに待たねえか」

看視人の足が水しぶきをあげ、男はひょいと踻《かが》んで水の中へ手を伸ばし、大きな包みを引揚げ、それを肩に担《かつ》いで駆けだした。包みの中は貝であろう、包みの口をしめた紐《ひも》の先を足首に結びつけて、さりげなく水の中をひきずっていたものとみえる。二人の蹴立《けた》てる水しぶきは、しだいに遠くなり、やがて見えなくなった。

「ただのええびか」私は独りで笑った。「うまく逃げてくれよ」

私は「青べか」を水路の一つへ漕ぎ入れ、漠然とした勘によって釣糸をおろした。

「そんなとこじゃ釣れねえだよ」と老人のしゃがれ声に振り返って見ると、芦《あし》の中に白く塗った一艘《そう》の蒸気船がもやってあり、その艫《とも》のところに、一人の老人が立っていた。痩《や》せたひょろ長い軀に、両前ボタンの古ぼけた制服を着、かぶっている帽子には銹《さ》びて黒ずんだモールと、徽章《きしょう》が付いていた。船長の正装であるが、上着から下は裸で、皺くちゃになった渋色のパンツが見えていた。

聞くところによると、その老人は、汽船会社に四十余年も勤めていた幸山船長で、停年になっても船からおりることを拒絶し、幾たびかめの辞職勧告に、多額の退職金が示されると、「金は要らないが十七号を呉《く》れるなら退職する」と答えた。すでに廃船になっていた十七号を現在の位置に繋留《けいりゅう》してもらい、幸山船長はそこで自分ひとりの隠退生活を始めたのである。

秋の一夜、私はその十七号で幸山船長と語りあかした。長四帖《じょう》ほどの狭い船室の棚に置かれた硝子《ガラス》張りの人形箱に私が目を留めると、「あの人形が可笑《おか》しいかね」と、幸山船長はむかしの恋物語をはじめた。

船長は十八歳のとき初恋をした。相手は小さな雑貨屋の娘で、名はお秋、年は彼より一つ下であった。娘は二十一歳で根戸川に沿った永島というところの資産家へ嫁に行ったが、その結婚が迫った或る日、東の浜の松並木で幸山船長にひそかに逢《あ》って、持って来た人形箱を渡し、軀は嫁にゆくが自分の心はこの人形にこめてある、どうかこれを私だと思って持っていてくれと、そう云って泣いた。

娘の婚家は根戸川に近いので、幸山船長の乗った十七号船が通ると、彼女は土堤《どて》まで出て来て姿を見せた。船がそこを通過するのに約五百メートル、二人がお互いの姿を見ることのできる区間は約三百メートル。川を遡航《そこう》する時間は長くて五分くらいだし、くだりのときは三分たらずであるが、その水上と土堤との短くはかない、けれども誰にも気づかれることのない愛の交換は、若い彼にとってこの世のものとは思えないほどのよろこびであった。一度、五十日あまり彼女が姿を見せなかったことがあった。再び土堤へ姿を見せたとき、彼女はおくるみで包んだ赤子を抱いていた。「おかしなことだが」と幸山船長は云った。「まったく根もねえ話だが、そのときおらあ、あのこが抱いているのはおらの子だっていう気がしたっけだ」

彼は二十七歳で機関士になり、結婚した。妻は息子と娘を生み、三十二歳で死んだ。彼が船長になってからも、水上と土堤との三百メートルの逢曳《あいびき》は続き、彼が四十二の年、彼女は死んだ。

「――そうさな、あのこは死んでおらのとけへ戻って来た、っていうふうな気持だな。おらそれから、人形箱の埃《ほこり》を払っただよ」

彼女は嫁にゆくが、心はその人形にこめてあると云った。彼はいまこそそれが現実になった、というように感じられたのだ。彼は心の中でいつも彼女と話をしていた。

「あのこはときどきうちへ帰りたがっただ。子供のようすをみて来てえだからってね、むりはねえさ、おら船が永島へはいると、ゴースタンをかけ、スローアへーにするだ、そうするとあのこはうちへ帰るだよ」

これは誰も知らなかったし、誰に気づかれることもなかった。ただ、永島へかかるときに限って、船を「後退」にし、「微速前進」にするのがわからず、頭がどうかしたんだろう、と云われたことがあった。

「いまでもみんなは、おらの頭がどうかしてると思ってるだよ」そう云って、船長は可笑しそうに喉《のど》で笑った、「――ぶっくれの十七号船を貰《もら》って、こんなところで独りぐらしをしているのも頭がおかしいせえだってよ。みんななんにも知っちゃいねえだ」

【編者からひとこと】

この小説の舞台になった昭和のはじめの「浦粕町」には獺《かわうそ》や鼬《いたち》が棲《す》んでいて、よく人をおどろかしたりしたそうだ。とくに鼬はたちの悪いいたずら好きで、人が道を歩いていると、ひょいととびだして来て、交通整理でもするように右手をあげて右をさし示したりする。そうしたら必ず反対のほうへ行くことを作者はすすめている。くれぐれもご用心を。昭和の生き残りの鼬がいるかもしれないから。

名作短編

「裏の木戸はあいている」（『ひとごろし』より）

その道は狭く、両側には土塀《どべい》の武家屋敷が並んでいた。内蔵町《くら》の辻《つじ》から裏通りへ曲って中ほどにある一棟《ひとむね》の屋敷だけ、笠木塀《かさぎ》をまわしてあり、その一隅に木戸が付いていた。しばしば人が忍んで来て、その屋敷の裏木戸をあける。木戸には鍵《かぎ》が掛っていない。桟《さん》を引けば、ことっと軽い音がするだけで、すぐに内側へ開くのであった。

……男も来るし、女も、老人も来る。みんな足音をぬすむように来て、その木戸をあけ、庭へはいって、しばらくなにかしていて、やがて出て来ると、静かに木戸を閉め、来たときと同じように、足音を忍んで去ってゆくのであった。

或《あ》る日、高林喜兵衛《きへえ》は、寄合役の部屋に呼ばれた。そこには細島左内、脇谷五左衛門、藤井三郎兵衛、そして、喜兵衛の隣り屋敷の和生《にぎゅう》久之助がいた。

「そこもとが隠れて金貸しめいたことをしている、という訴文が、目安箱の中に投げ入れてあった。念のために事実かどうかを訊《き》きたいのだが」左内が云《い》った。

喜兵衛は「事実無根である」と答えた。

「よけいな差出口かもしれないが」と和生久之助が云った。「高林には、そういう中傷のたねになるようなことが一つある筈《はず》だ。私から云おう。裏の木戸のことだ」

喜兵衛は手をあげて制止しようとしたが、久之助はもう言葉を続けていた。

「高林の家の裏木戸の内側に、金の入っている箱が掛けてある。その木戸はいつもあいていて、窮迫している者は誰でも、箱の中から欲しいだけ持ってゆくことができる、そして、返すときも同様に、黙って木戸をはいって、その箱の中へ戻しておけばよい。訴文はこのことをさすのだと思われます」

「それが事実とすれば、金貸しそのものではないか」と三郎兵衛は云った。

「それは違います。金貸しというものは、人に金を貸して利を稼ぐものでしょう。高林は利息などは取りません。誰がどれだけ借りたかもわからない。高林はただその箱をしらべ、金があればよし、無くなっていれば補給するだけです」

「どうしてだ」と五左衛門は訊いた。「どういう事情でそんなことを始めたのだ」

「それは」と喜兵衛は低い声で云った。「その日の食にも窮している者たちに、いちじの凌《しの》ぎでもつけばよいと思いましたので」

「小人の思案だ」と三郎兵衛が云った。「それは人に恵むようにみえるが、却《かえ》って人をなまくらにする、貧窮してもそんなに手軽に凌ぎがつくとなれば、そうでなくとも怠けたがる下人《げにん》たちは、苦労して働くという精神を失うに違いない」

「それでは寄合役の意見を述べる」と三郎兵衛は改まった調子で云った。「いずれお沙汰《さた》があるまで、ただちにその木戸を閉め、その箱を取払っておくがよい」

喜兵衛は静かに「それはお受けできません」と云った。「箱の中の僅《わず》かな銭を、たのみにする者が一人でもある限り、私はその箱を掛け、木戸をあけておきます」

「これはそう簡単な問題ではない」と久之助は云った。「領内に窮民があれば、藩で救恤《きゅうじゅつ》の法を講ずるのが当然で、高林はそれを独力でやってきたわけです。廃止を命ずるまえに、その実態を調べるべきだと思いますが」

他の三人は顔を見交わし、敢《あ》えて反対はしなかった。

その日、下城の太鼓が鳴ってから、喜兵衛の部屋へ久之助が来て、「あの箱をたのみにする人がいることを、なぜもっとはっきり云わなかったのか」と訊いた。

「それを云ったところで」と喜兵衛は悲しげに微笑した。「あの人たちにはわからないだろうからね。十五年ほど前のこと、家に出入りの吉兵衛という桶《おけ》屋が、貧窮のあまり、妻子三人を殺して自分も自殺した、ということがあった。そのとき、銀の一両か二両あれば死なずに済んだであろう、そのくらいの金なら誰に頼んでも都合ができたであろうに、ばかなことをする人間もあったものだと、藤井の父の図書《ずしょ》どのが云ったのを覚えている。はたして、吉兵衛が借りにいったら、こころよく貸したろうか」

喜兵衛はそのとき「裏の木戸」のことを思いついた、と云った。初めの二年ばかりは、箱はからになることのほうが多く、その補給にかなり苦労したが、そのうち返す者が出はじめ、ときには元金より多く入っていることさえあった。

「訴状を入れた人間も、およそ見当がついてるんだ」と久之助が云った。「小金町あたりの日金を貸しているやつの仕事さ。やつらは貧乏人の生血を吸って肥えるんだから、裏の木戸は大敵なんだ」

「むずかしいものだ」と喜兵衛は太息《といき》をついて云った。「――こういうことでさえも、どこかへ迷惑を及ぼさずにはいないんだな」

「橋の下」（『日日平安』より）

いま一人の若侍が、伊鹿野《いがの》川沿いの広い草原へはいって来た。年は二十四五歳で、眼鼻立ちのきりっとした顔が、仮面のように硬《こわ》ばって白い。空はいちめんの星である。

「なにをいまさら」と彼は呟《つぶや》いた。「これでいよいよけりがつく。なんにも考えるな」

源心寺の鐘が鳴りだした。七つまでかぞえてわれに返った。家で聞いた刻《とき》の鐘は八つ（午前二時）だったのか。約束の六つ半まではたっぷり三時間ちかくある。寒さにふるえながら、川のほうへ足を向けると、橋の下に焚火《たきび》の火らしいものが見えた。その脇《わき》で二人の老人がなにかしていた。一人は男、一人は女で、焚火には鍋《なべ》がかけてあった。老人は穏やかな声で「お見廻りですか」と呼びかけた。「いや」と若侍はあいまいに口ごもった。老人は彼のようすを眺め、「こちらに来ておあたりになりませんか」と云った。「では、邪魔をさせてもらおう」と若侍は蓆《むしろ》の上に腰をおろした。

「あれは刀のようだが」と若侍は近くに置かれた包みに眼をとめて云った。老人は若侍のようすを見た。黒い無紋の袖《そで》の羽折《はおり》を重ねていたが、着物の下衣《したぎ》も白であった。

「さよう、私はもと侍でございました」と老人は云った。「国許《くにもと》は申しかねますが、私まで八代続いた家柄だそうで、身分も上位のほうでございました」

「その」と若侍が云った、「こんなことを訊いては失礼かもしれないが……」

「いや、ごらんのとおりなりはてたさまですから、いまさら身の恥を隠すにも及びますまい。私は四十年ほどまえに、一人の娘のために親しい友を斬《き》って、その娘といっしょに出奔しました。つづめて云えばそれだけのことです」

老人は茶を啜《すす》り、ゆっくりと続けた、「その友達とは幼少のころから兄弟よりも親しかった。二十一の冬のことですが、私の父が病死し、縁談が始まって、私は幼馴染《おさななじみ》の娘を嫁にと望みました。彼女は十七歳、もちろん当人も私の妻になることを承知していたのです。しかし、娘にはもう婚約した相手があるからと、断られました。その相手とは、なんと、その友達だったのです。私は友達に会いにゆき、彼にはたし合を申し入れたのです」老人はそこで言葉を切り、低い声で口ばやに云った、「介添もない二人だけの決闘で、私は初太刀《しょだち》で彼の肩を斬り、二の太刀で腰を存分に斬りました。私はそこを去ると、娘を呼びだして始終を語り、そのまま二人で城下を出奔したのです」老人はながい溜息《ためいき》をついて、薪を火にくべた。

「出奔してから七年めのことですが、私たちはいちど国許に帰りました。私の斬った友達は生きていたばかりでなく、二百石あまりの小姓頭にとりたてられていたのです。さよう、存分に斬ったと思ったのは誤りで、友達の傷はさしたることもなかった。私たち二人は、私たちの不幸のもとになったその友達を憎みました。それがいっとき私たちの愛情をかきたてたようです。しかし、憎悪《ぞうお》という感情の中には、人間は長く住めないもののようです。四十の年を越すとまもなく、私は左足の痛風で力仕事ができなくなり、それ以来ずっと乞食《こじき》ぐらしをしてまいりました」

そのとき、源心寺の鐘が鳴りだした。老人は若侍の顔を見やり、長い溜息をついた。

「あのとき友達のところへゆくまえに、茶を一杯啜るだけでも、考えが変ったかもしれない。しなくても済むあやまち、取返しのつかないあやまちは避けるほうがいい。

どんな重大だと思うことも、時が経《た》ってみるとそれほどではなくなるものです。ただひとつ、思いだすたびに心が痛むのは、あのはたし合で友を斬ったことです」

「ながが話をしてさぞ御迷惑だったでしょう」と老人は穏やかな眼で若侍を見た。「茶をもう一ついかがですか」

「頂きましょう」と若侍が答えた。

河原には明るくなった空の光りを含んだ靄《もや》が立っていた。刀を持って立ちあがった若侍は、自分が変ったことに気づいたようだ。彼の顔はなごやかになり、その眼には謙遜《けんそん》な、あたたかい光があらわれていた。

一人の若侍が、源心寺の土塀をまわってあらわれ、大股《おおまた》にこちらへ歩みよって来た。「おーい」と彼は手をあげた。向うの若侍は立停り、くるっと羽折をぬいだ。下は白支度で、手早く刀の下緒《さげお》を外し、それを襷《たすき》に掛けた。

「待ってくれ」とこちらの若侍は叫んだ。「話すことがある、待ってくれ」

彼は相手のところへ駆けより、右の脇に抱えた両刀を見せながらなにか云った。相手のきびしい顔つきがほぐれ、その若侍は大きく頷《うなず》き、こちらの若侍の肩を叩《たた》いた。こちらの若侍はいさましく低頭し、相手は笑いながら首を振って、いまかけた襷を外し、羽折を拾いあげた。明るい日光が草原いっぱいにあふれた。

「おさん」(『おさん』より)

本当にこうなっていいの、とおさんが云《い》った。それは二人が初めてそうなったときのことだ。そして、これが本当ならあした死んでも本望だわ、とも云った。おれはごく平凡な人間だった。職人の中でも「床の間大工」といわれ、床柱とか欄間《らんま》などに細工彫りをするのが職で、大茂《おおしげ》の参太といえば相当に知られた名だとうぬぼれていた。おれはそのとしは二十四。おさんは大茂の帳場で中ばたらきをしていた。それほど親しく知りあってはいなかったが、ある晩、親方の家で祝いがあって、おれはいい気になって飲んでいるうちに酔いつぶれてしまい、眼がさめてみると側《そば》におさんがいた。おれが手を伸ばすと、おさんの軀《からだ》はなんの抵抗もなくおれの上へ倒れかかってきた。

夫婦になろうと云いだしたのはおれのほうだ。親方の許しを得て世帯《しょたい》を持った。おれを夢中にさせたおさんのからだは、いっしょになるとすぐに、この世のものとも思えないほど深く、そして激しくおれを酔わせた。おさんの軀には、ぜんたいに目のこまかい神経の網がひそんでいた。その網の目は極微にこまかく、異常に敏感であった。軀のどんな部分でも、そういう気持でちょっと触れれば、すぐ全身に伝わって、こまかな神経の網目に波動と攣縮《れんしゅく》が起こり、それが筋肉の収斂《しゅうれん》などにあらわれ、いちど始まるとおさん自身も止めることができなかった。

おれはわりにおくてだったが、それでもおさんと夫婦になるまえにかなりな数の女を知っていた。いろ恋というのではない、ちょうど腹がへってめしを食うようにだ。夫婦になって、夫婦の情事は空腹を満たすものではなく、そのむすびつきのうちにお互いを慥《たし》かめあうことなのだと気づいたとき、おれをあんなにのぼせあがらせたおさんの軀が、おさんをおれから引きはなすことに気がついた。おさん自身でも止めることのできない、あの激しい陶酔がはじまると、おさんはそこにいなくなってしまう。むすびあう一点だけが眼をさました生き物のように躍動しはじめ、その他のものはすべて押しのけられ、そのたびになにかを失ってゆくような感じだった。そうしてやがて、その譫妄《せんもう》状態の中で、おさんは男の名を呼ぶようになった。おれはいきなり胸へ錐《きり》でも突込まれたように、ほかに男がいるなと思った。本当に殺してやりたいとさえ思ったが、おさんはなにもおぼえていない。死んだお父《と》っつぁんの名がそうだわ、でもまさかあんなときに、とおさんは肩をすくめながら喉《のど》で笑った。

上方《かみがた》に仕事があるからいって来る、とおれが云いだしたとき、おさんはどうぞと答えた。江戸を立って五十日と経《た》たないうちに、家主の喜平《きへい》から来た手紙でおさんが男をひき入れているということを知った。それから半年ちかくして、おさんから手紙が来た。二度とあなたに会えない軀になってしまったこと、そして、江戸へ帰っても自分のゆくえは捜さないでくれ、と書いてあった。そしてまもなく、家主の喜平から、おさんが次つぎに男を伴《つ》れ込むので、長屋の女房たちがうるさいから家を明けてもらった、と二度めの手紙が来た。上方へ来て二年め、そろそろ江戸が恋しくなったころ、おれの弟分の宗七から手紙が来て、おさんが炭屋河岸の裏長屋で作次という男といっしょだと知った。みれんは少しもないが、おさんが哀れに思えてきた。おさんが幾人もの男に抱かれたという事実は、生涯二人に付いてまわるが、もしできることならもういちどやり直してみてもいい。おれはきっとおまえを捜しだしてみせるよ。

——江戸に帰った参太は炭屋河岸の裏長屋を訪ねたが、作次は長屋をひきはらっていた。おさんに男ができて、作次は酒びたりになり、おさんがいなくなったという。参太はようやく作次を捜しだし、おさんが山谷《さんや》の棗店《なつめだな》に岩吉という男といっしょにいることを聞きだした。棗店の長屋で差配の女房は参太に云った。

「おかみさんは岩吉のやつに殺されましたよ。おかみさんが男をつくったとかなんとか、やきもちのあげくってことでした」

おさんは真慶寺《しんけいじ》の無縁墓に葬《ほうむ》られていた。

……あんたはあたしを放しちゃあいけなかったのよ、あたしのからだの癖を知っていたでしょ、あんたがいてくれれば、こんなことにはならなかったのよ、あたしがあんたを忘れようと思って、男から男をわたり歩き、それでもあんたのことが忘れられないで、また次の男にすがってみてもだめ、自分もめちゃめちゃになるし、相手の男たちもみんなだめにしてしまったのよ、この辛さ苦しさがあんたにわかってたまるものですか、あたしはこうなるように生れついていたのよ、二十三で死んだけれど、人の三倍も生きたような気がするの、たのしさも、苦しさも辛さもよ、おまいりに来てくれてありがとう、うれしかったわ。

【編者からひとこと】
読書の大きな楽しみのひとつは、奇想天外な読み方の発見である。たとえば「橋の下」のこんな「新解釈」――老人の若き日のあやまちをめぐる話は、実は、その場の思い付きだった。凍《い》てつく真夜中に突如あらわれた若侍の異様な様子や白支度という服装から、果し合いに行くところにちがいないと老人は推察し、それを止《や》めさせるために、あんな話をしたのである、と。

コラム　無冠の実力派への道①

山本周五郎と言えば、文学賞を終生受け取らなかった作家としても有名で、昭和四十二年二月に周五郎が亡《な》くなったとき、それを伝える新聞の訃報《ふほう》記事が、「権力、文壇づきあい、賞の類《たぐい》が大きらいで」とその人となりを紹介しているほどである。

したがって賞を断ることは、たびたびであったが、その最初にして最大のものが、直木三十五賞（昭和十八年度上半期）の受賞辞退であろう。

すでに創設から十七回目を迎えていた直木賞は、発表誌『文藝春秋』の人気とともに、作家なら誰でも欲しがる文壇の重要な賞となっていた。

この時の最終候補作には、周五郎の「日本婦道記」の他に、『顎十郎捕物帳』などの作者として後に著名となる久生十蘭《ひさおじゅうらん》の「真福寺事件」や、映画「無法松の一生」（昭和十八年十月公開）の原作『富島松五郎伝』の作者である岩下俊作の「西域記」など計七作品が予選を通過して挙げられていた。

そして、同年八月二日の選考委員会（井伏鱒二《ますじ》、吉川英治、大佛《おさらぎ》次郎など）では、周五郎を推す声が強く、とくに波乱もなく「日本婦道記」が受賞と決定したのだが、

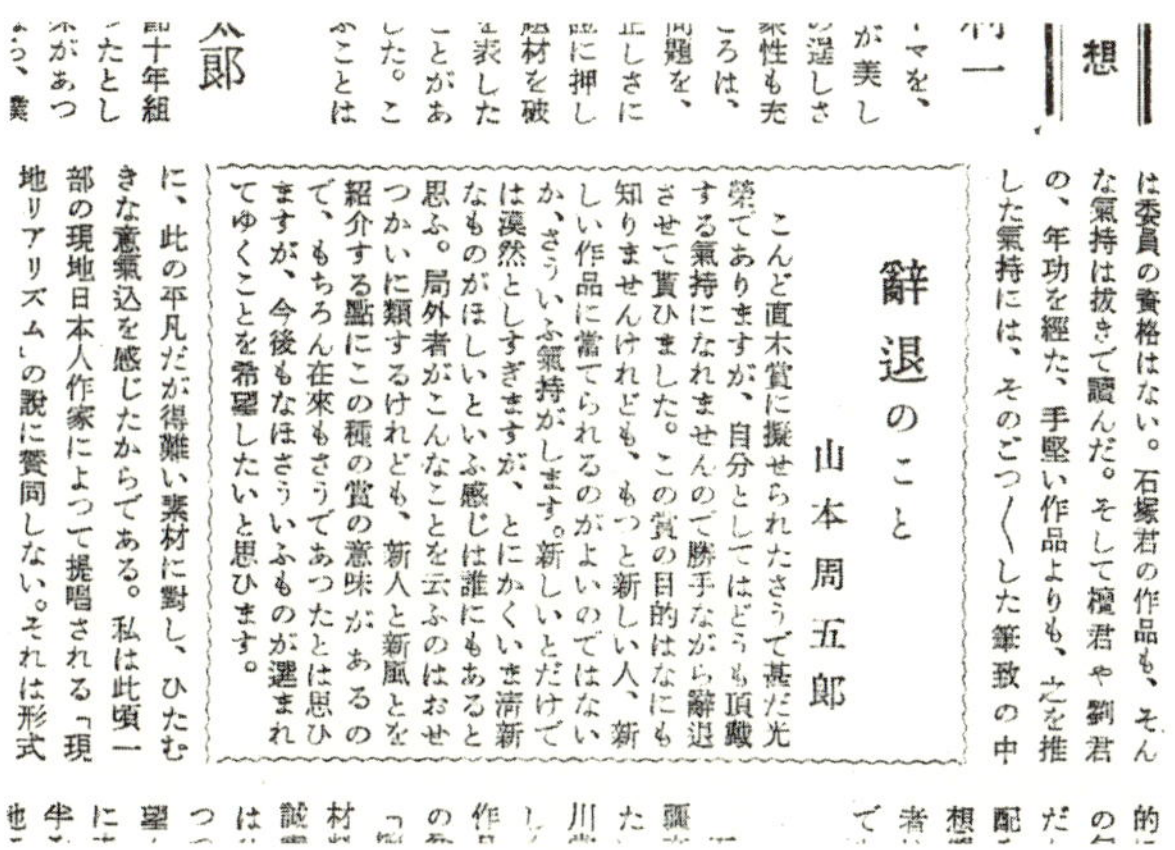
は委員の資格はない。石塚君の作品も、そんな氣持は拔きで讀んだ。そして櫻君や劉君の、年功を經た、手堅い作品よりも、之を推した氣持には、そのごつ〳〵した筆致の中

辭退のこと
山本周五郎

こんど直木賞に擬せられたさうで甚だ光榮でありますが、自分としてはどうも頂戴する氣持になれませんので勝手ながら辭退させて貰ひました。この賞の目的はなにも知りませんけれども、もつと新しい人、新しい作品に當てられるのがよいのではないか、さういふ氣持がします。新しいとだけでは漠然としすぎますが、とにかくいま淸新なものがほしいといふ感じは誰にもあると思ふ。局外者がこんなことを云ふのはおせつかいに類するけれども、新人と新風とを紹介する點にこの種の賞の意味があるので、もちろん在來もさうであつたとは思ひますが、今後もなほさういふものが選まれてゆくことを希望したいと思ひます。

に、此の平凡だが得難い素材に對し、ひたむきな意氣込を感じたからである。私は此頃一部の現地日本人作家によつて提唱される「現地リアリズム」の說に贊同しない。それは形式

その翌日、周五郎は受賞辞退を申し出る。

『文藝春秋』昭和十八年九月号には、周五郎の次のような手記が、同時に発表された芥川《あくたがわ》賞の選評に囲まれて掲載されている。

「こんど直木賞に擬せられたそうで甚だ光栄でありますが、自分としてはどうも頂戴《ちょうだい》する気持ちになれませんので勝手ながら辞退させて貰《もら》いました。（中略）もっと新しい人、新しい作品に当てられるのがよいのではないか、そういう気持ちがします。（後略）」

後にも先にも、直木賞の受賞を辞退した作家は、山本周五郎だけであるという。

心に沁《し》みる「面白ければよし」

嵐山光三郎

あらしやまこうざぶろう　一九四二年静岡県生れ。雑誌編集者を経て独立、作家活動に専念。『素人庖丁記』で講談社エッセイ賞受賞。

三十八歳で会社をやめたころ、山本周五郎の本ばかり読んで過ごした。新潮文庫で五十冊以上読んでしまった。

会社にいるころは山本周五郎なんてただの娯楽小説だと見くびっていたのに、失業の身となると、どの小説も身にジンワリと心に沁みて、一冊読むと二冊、三冊と読みたくなり、飯を食うようにムシャムシャとくらいついた。そして気がつけば、山本周五郎が没した六十三歳とぼくは同年齢になってしまった。

山本周五郎という筆名は、十三歳で奉公に出た質屋の店主の名前で、本名は清水三十六《さとむ》という。山梨県初狩村に生まれ、父は繭《まゆ》の仲買商をしていた。家運が傾き、山本質店に住みこんで英語学校や簿記学校に通った。

　大正十五年（二十三歳）のとき、「文藝春秋」に処女作「須磨《すま》寺附近」の原稿を投《とう》函《かん》するとき、住所氏名欄に「木挽町《こびきちょう》山本周五郎方、清水三十六」と書いたところ、係の編集者が間違って、作者山本周五郎として発表してしまった。次回からは訂正すると思いきや、以後は、育ての親の名を筆名にしてしまったところに周五郎の周五郎たる所以《ゆえん》がある。筆名からして、すでにドラマがはじまっていた。

　ぼくが好きだったのは『人情裏長屋』の浪人の子育て物語だ。この話は、筆名折箸蘭亭（俺ハ知ランデー）として発表された。同じ文庫本に収録の「麦藁帽子《むぎわら》」は、老人が恋人の少女から貰《もら》ったと信じている麦藁帽子にまつわる話で、読了後は涙がボロボロ出てとまらない。この話は晩年の傑作『青べか物語』につながっていく。

　周五郎の小説には庶民へのあたたかな目差《まなざ》しがあり、日のあたらぬ吹き溜《だま》りに身をよせる人々の人情話にズンと胸をつかれる。そのあとは気持がすっきりとして、幸せな気分になる。泣かせどころをキュッと押さえつつもピリッと辛い。

　多種多様の人間を自在に書きわけてみせ、読みやすくて、文章が自然体である。どの話にも伏線と仕掛けがある。

「菊月夜」(『菊月夜』所収)は、許婚《いいなずけ》・小房《こふさ》の父が狂死して家族が追放されるという運命にあった主人公が、事件の真相をさぐり、小房嬢と劇的に再会する物語。ハラハラしながら読みすすみ、二転三転して、最後はめでたい菊月夜となる。終りの一行を読みおえて拍手、拍手、大拍手。「がんばろうね」とひとりごとを言ってしまった。「朝顔草紙」(『朝顔草紙』所収)は顔を見知らぬ許婚同士が、十数年の愛情をつらぬき通してむすばれるというお話で、「よかったですねえ」と文庫本の表紙をさすってしまう。

こういった短編集には、甘い味わいと苦みがブレンドされ、失業して「さて、これからどうやって生きていこうか」と思案していたぼくは、縁側に寝ころんで読み、ひとつひとつの話に胸をつかれて座り直し、そうか、これでいいんだ、とはげまされた。

周五郎の小説は、話のはじめの引きずりこみ方がうまい。最初の一行を目にしただけで、もう最後まで読まないと気がすまなくなる。長編を読み出すと五時間はかかるから、途中で食事や仕事ができなくなる。その点、短編だと一編を三十分ぐらいで読める。旅行に出るときは、短編小説集の文庫本を一冊持っていくといい。一編を読み終えたら、さて、つぎはどこで読もうか、と楽しみがます。

周五郎の文庫本は、読んでから、だれか好きな人に「これは泣かせますよ」とすすめたくなる。二十四年前に読んだ五十冊の文庫本は、段ボールにつめて、イタリアにいる昔の愛人に送ってしまった。イタリア在住七年めの彼女から「日本の小説を読みたいから、なにかみつくろって送ってくれ」と頼まれていた。

その人は、はじめて山本周五郎の本を読んだらしく、里心がついて日本に帰ってきてしまった。そして帰国するや、「あなたはなんてロマンティックなんでしょう」とぼくをほめてくれて、またヨリがもどった。これまた周五郎の小説みたいだが、その人は二年前に死んでしまった。

エンターテインメントの時代小説だから、いわゆる純文学とは違う。けれども、純文学作家のなかに周五郎ファンがいて、堀辰雄《ほりたつお》がそのひとりだった。『風立ちぬ』の作家が周五郎ファンとは意外な感もあるが、軽井沢純愛小説は周五郎の夫婦小説に通じるこまやかな情がある。堀辰雄は周五郎より一歳下であった。

周五郎は、二十代のころは生活のために娯楽小説を書きまくり、三十代では作家一本で量産するが生活は苦しかった。四十歳で直木賞に推されたのに意地っぱりだから辞退した。いままで、直木賞を断ったのは周五郎ただ一人である。

四十代は流行作家となって多作し、代表作は五十代に書かれた。『樅《もみ》ノ木は残った』は五十一歳から五十五歳まで、四年間かけて書きあげた傑作だ。伊達《だて》騒動（寛文《かんぶん》事件）で悪玉とされていた原田甲斐《かい》を、「せいいっぱいに生きぬく功臣」として評価しなおした。『青べか物語』は五十七歳のときの熟成した作品である。周五郎は「いい小説は五十歳をすぎないと書けない」と言っている。

今年の夏、ぼくは新潮文庫の周五郎本を三十冊ほどとり寄せ、もう一度読んでみた。五十歳をすぎないと、周五郎のよき読者にはなれないという気がしたためだ。

ムカシ読んだ小説は半分以上、その内容を忘れていて、全部読み終えるのに一カ月間かかり、そのぶん仕事が手につかなかった。幸せな時間だった。三十八歳のときの読後感とはあきらかに違い、いまさらながら、周五郎の凄腕《すごうで》に舌を巻いた。

これは周五郎に限らず、高校生のころ読んだ小説でも同じことがいえる。「もう卒業した」と思っている作家の本を、もう一度読むと、「なんと未熟な読者だったのだろうか」とガクゼンとする。川端康成《かわばたやすなり》がそのひとりである。

周五郎の小説は、娯楽小説に見える体裁でも、綿密な構成が練られ、テンポが軽快で、意外な展開と、すっきりとした結末が、用意周到である。書く身はさぞかし身をすりきらせたと察せられる。それに、語り口に、講談師ふうの、やわらかくリラックスした息がある。

頭でっかちの文芸批評家からはしばしば難くせをつけられたけれども「私の相手は読者である」という信念を曲げなかった。

山本周五郎は河盛好蔵《かわもりよしぞう》との対談で「高級な読者ってのは騙《だま》しやすい。気のきいたセンテンスを入れれば、すぐ騙される」と豪語している。

「ところが低級な読者は騙されない。うちのかみさんが雑誌を読んで、このあいだあなたにきいたような話がのっているわ、といってパラパラとページをめくったら、なあんだ、これはあなたのだわ、といった。これが本当の読者です」

山本周五郎だからと知って小説を買っていく読者は汚《けが》れてしまっていて、だれが作者か知らずに読んで、面白がっている人が大事だというのが山本流である。わかったようなわからぬような話だが、「面白ければよい」という信念であろう。

山本周五郎が嫌ったのは青野季吉《すえきち》、中島健蔵、十返肇《とがえりはじめ》、山本健吉、小林秀雄。ようするに理屈をいう批判家が苦手だった。評価したのは大江健三郎である。

晩年の傑作『青べか物語』は、自伝的回想で、浦粕《うらかす》（浦安）に住む三文文士である

「私」が出会った人々と風物が、混然一体となって入りまじり、「私」は海苔《のり》とり舟の「青べか」を買わされてしまう。常識はずれのずるい男や、盗人、あいびきする男女の生活ぶりをつづった現代小説である。最終章は三十年後の浦粕の変貌《へんぼう》を書きとめている。

ここで、周五郎の小説に出てくる好きな台詞《せりふ》をいくつかあげておきます。

「人間の一生には晴れた日も嵐《あらし》の日もあります、どんなに苦しい悲惨な状態も、そのまま永久に続くということはありません」（「人情裏長屋」『人情裏長屋』所収）

「人間は誰でも、一生に一度は花咲く時期をもつ」（「松風の門」『松風の門』所収）

「じっさい、人が晩年になってから、自分の生き方は間違っていた、自分にはもっとほかの生き方があったのだ、そう思うくらい悲惨なことはありませんからね、だって是れだけはどうしたってやり直すことができないんですから」（『新潮記』）

「にんげん生きているうちは、終りということはないんだな」（「おさん」『おさん』所収）

「よしよし、眠れるうちに眠っておけ。（中略）明日はまた踏んだり蹴《け》ったりされ、くやし泣きをしなくちゃあならないんだからな」（「たんばさん」『季節のない街』所収）

「人は誰でも、他人に理解されないものを持っている。もっとはっきり云《い》えば、人間は決して他の人間に理解されることはないのだ。親と子、良人《おっと》と妻、どんなに親しい友達にでも、――人間はつねに独りだ」（『樅ノ木は残った』）

「女というやつは、自分がみた夢の話しさえ正直には云わないものだ」（『樅ノ木は残った』）

「愛と裏切りとは双生児だと云います」（「偸盗《ちゅうとう》」『おさん』所収）

「人間は幸福にも不幸にもすぐ馴《な》れるものさ」（「山茶花帖《さざんかちょう》」『雨の山吹』所収）

「不愉快なことが起ったらこう思え、いい気持だ、なにも不平はないじゃないか、あさばさばした気持だ……こう三遍云ってみろ」（「武道用心記」『人情武士道』所収）

といったような殺し文句が出てくる。これだけをとり出すと格言みたいだけれども、ストーリーの展開のなかでこういった台詞がじつによくはまるのである。

周五郎は、つねに弱い者の側に立って小説を書いた。そこに共通するのは、人間が生きていくことの肯定である。それが読む者の心をゆさぶり、いまなお多くのファンがいる理由だろう。少年のころより苦労して叩《たた》きあげてきた作家ならではの、心に沁みる物語は、ゴツンと骨太で痛快である。

コラム　無冠の実力派への道②

直木賞を辞退した周五郎（七十頁参照）だったが、文学賞嫌いはこのあとも続き、周囲もそれをよく知るようになる。おもしろいのは、毎日新聞社が主催している毎日出版文化賞（昭和三十四年度）の周五郎への対応である。

このとき受賞対象となったのは、前年に講談社から単行本が刊行されていた周五郎の代表作『樅《もみ》ノ木は残った』で、案の定、周五郎は受賞を辞退する。だが、審査会（審査委員に三島由紀夫、武田泰淳《たいじゅん》など）においても、この周五郎の受賞拒否は先刻承知の審査結果だった。毎日新聞に掲載された「審査の経過」によれば、

「（前略）しかし著者はあらゆる賞を受賞しない建前をとっている作家なので、もしその際は、その本を出した出版社だけでも表彰して」

という算段だったのである。

発表の紙面には、小さく周五郎の「辞退寸言」が載せられていた。

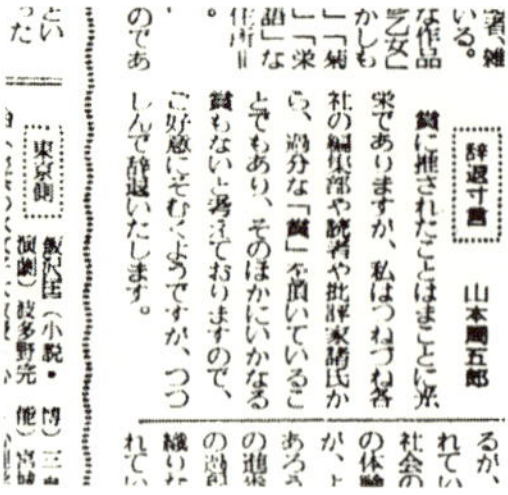
辞退寸言　山本周五郎

賞に推されたことはまことに光栄でありますが、私はつねづね各社の編集部や読者や批評家諸氏から、過分な「賞」を頂いていることでもあり、そのほかにいかなる賞もないと考えておりますので、ご好意にそむくようですが、つつしんで辞退いたします。

昭和三十四年十一月三日朝刊

齋藤　孝

【さいとう・たかし】

1960年静岡県生れ。東京大学法学部卒。同大学院教育学研究科博士課程を経て、明治大学文学部教授。専門は教育学、身体論、コミュニケーション技法。

声に出して読みたい山本周五郎

人の世の「人情」を身体《からだ》に染《し》み込ませる――山本周五郎

「人情」という言葉は、日本人にとって最重要の価値を持つ言葉だった。しかし、現在はすっかり廃《すた》れてしまっている。言葉が廃れただけではない。人情という感情そのものが枯渇《こかつ》してきている。

人間の情愛ならば、世界各国に当然ある。優しい気持ちは共通だ。しかし、かつて日本人が「人情」という言葉で表してきた感情には、独特の雰囲気がある。たとえば「人情味あふれる長屋」という言葉でイメージされる、人と人との温かいやりとりが、人情というものだ。山本周五郎の小説には、人情があふれている。ふだんの生活ではすっかり影が薄くなってしまった人情というものを、山周ワールドでは満喫することができる。

私が最初に山周ワールドに出会ったのは、十代の頃に読んだ『さぶ』を通してだ。いやあ、一気に引き込まれましたね。男前で仕事もできる栄二と、鈍いけれども誠実なさぶ。二人の強い心の結びつきが、熱く伝わってくる。将来を心配するさぶに、栄二はこう言う。

「どんな店が持てるかわからねえが、二人でいっしょに住み、おめえの仕込んだ糊《のり》でおれが表具《ひょうぐ》でも経師《きょうじ》でも、立派な仕事をしてみせる、お互いにいつか女房をもらうだろう、そして子供もできるだろうが、それからも二人ははなれやしねえ」

さぶは、自分が栄二の厄介者になるだろうと言って、栄二の誘いに遠慮をする。栄二はこう言う。

「おれも正直に云《い》おう」と栄二が深く息を吸いこんで、大きく吐きだしてから云《い》った、「――おめえはな、さぶ、おれにとっては厄介《やっかい》者《もの》どころか、いつも気持を支えてくれる大事な友達なんだ、正直に云《い》うから怒らねえでくれよ、おめえはみんなからぐずと云《い》われ、ぬけてるなどとも云《い》われながら、辛抱《しんぼう》づよく、黙って、石についた苔《こけ》みてえに、しっかりと自分の仕事にとりついてきた、おらあその姿を見るたびに、心の中で自分に云《い》いきかせたもんだ、――これが本当の職人根性ってもんだ、ってな」

なんとまあ、熱くまっすぐな友情宣言だろう。十代の私は、すっかり心が熱くなった。栄二は、さぶに同情して気休めを言っているのではない。自分にはさぶが本当に大切な存在だと栄二はわかっているのだ。しかし、このセリフはラストシーンのセリフではない。ここから栄二の運命に暴風雨が吹き荒れる。何者かが栄二の道具袋に、金襴《きんらん》のきれを入れ、盗みの罪をきせた。栄二は捕らえられ、人足寄場《にんそくよせば》送りになる。悲惨な境遇に落ちた栄二は、一枚のきれで自分の人生がめちゃくちゃになったと考え、自暴自棄になる。そして嵐《あらし》の日に石の下敷きになり大けがを負う。死に直面したこの体験で、栄二の心に変化があらわれる。

「ふしぎなことだが、七月のあらしのさいちゅう、こんなことでは死なねえと思いながら、自分がいま生きているということをはっきりと感じた」と栄二はまた呟《つぶや》いた、「——崩れた石垣の下に敷《し》かれ、砂混りの塩水を飲みながら、苦しさのあまりいっそ死んだほうがましだと思ったときも、自分が現に生きているということを、まざまざと感じたものだ」

まあそういそぐな、一つのことから次のことへ移るまえに、初めの一つをじっくりと考えぬくんだ。

「おれの気持が変りだしたという慥《たし》かな証拠の一つはこれだ」彼は眼をつむり、一語々々をなにかへ彫りつけでもするように、ゆっくりと呟《つぶや》いた、「――人間の一生は、一枚の金襴《きんらん》の切《きれ》などでめちゃめちゃにされてはならない、これが第一だ」

世の中に理不尽なことや不運なことはつきものだ。私自身の経験でも、生きるのがうんざりすること嫌なことが何度もあった。他人の悪意や嫉妬《しっと》の刃《やいば》をまともに浴びたことも何度もある。そのたびに人生が通行止めにあった。ちょうど『さぶ』を読み返している今も、私のやる気を挫《くじ》こうとする他人の明確な悪意にとことんうんざりしていた。しかし、今この栄二の言葉を改めて声に出して読んでみて、心がすっと軽くなるのを感じた。さすが山本周五郎だ。四十を過ぎた私にも、素直にぐっと入ってくる。『さぶ』には心に響くいい説教がたくさんある。人足寄場から出て、仕事に復帰した栄二に、おのぶが言うセリフも心に残る。おのぶは栄二のことが好きだったが、栄二はおすえと夫婦になった。仕事が完全に本調子にならない栄二は、さぶやおすえに世話になることを嫌がる。そんな栄二におのぶはこう言う。

「栄さんがそう云《い》うんだから、さぶちゃんが誰にも負けない仕込みをする、っていうのは嘘《うそ》じゃないでしょ、栄さんはその糊《のり》を使って仕事をする、掛物《かけもの》にしろ屏風《びょうぶ》にしろ、仕上りがよければ栄さんは褒《ほ》められるわ、いい仕上げだ、立派な腕だって、――そのとき糊《のり》を褒《ほ》める人がいるかしら、この掛物《かけもの》に使った糊《のり》はみごとな仕込みだって、仮にも褒《ほ》めるような人があると思って、栄さん」
「おすえさんのことだってそうよ」とおのぶは調子を変えて続けた、「いまに栄さんのお店が繁昌《はんじょう》し、賃仕事なんかしなくってもいいようになっても、それでおすえさんがいまより楽になるわけじゃないのよ、一家の切盛りをし、御亭主にいい仕事をさせるためには、賃仕事なんかするよりずっと大きな苦労が絶えない筈《はず》よ、そう思わない、栄さん」……………
「――世間からあにいとか親方とかって、人にたてられていく者には、みんなさぶちゃんのような人が幾人か付いているわ、ほんとよ、栄さん」

おのぶのこの説教は、今の私の心の中にも残っている。仕事が多少できる人間はどうしても思い上がる。その自信がパワーにつながることも当然ある。しかし、人の情に支えられていることを忘れては、人としての値打ちは低い。世の中、生きていく上で嫌なことはたくさん起こる。仕事ができる人にもそれほどできない人にも、嫌なことは降りかかる。うんざりした気分になったときに、どうするのがいいか。『さぶ』を読んでいるとそれがわかる。自分を支えていてくれる何人かの人間を思い出すのだ。必ずそういう人はいる。その人の顔と声を思い出す。それが力を与えてくれる。

そして、『さぶ』のような作品を読むことで、嫌な気持ちは洗われる。これは、今の私の実感だ。

そして、今の日本で人情とともに廃《すた》れて来つつあるのは「志」だ。使命感を持って仕事をする。この感覚が以前よりは薄れてきている。志を持って生きる人生には、張りがある。志も、人情と同じく、からだで学んでいくものだ。読書を通じても、志を学ぶことはできる。『赤ひげ診療譚』の小石川養生所《ようじょうしょ》の赤ひげと呼ばれる新出去定《にいできょじょう》の姿は、読むものに志を伝染させる力を持っている。貧しい人々に尽くす赤ひげに、長崎帰りの青年医師保本登《やすもとのぼる》が出会う。登は、長崎帰りの自分がなぜこんな養生所に押し込められるのかと不愉快になりながら赤ひげに挨拶《あいさつ》に行く。初対面からして、赤ひげは強烈だ。


——なるほど赤髯《あかひげ》だな、と登は思った。

実際には白茶けた灰色なのだが、その逞《たく》しい顔つきが、「赤髯《あかひげ》」という感じを与えるらしい。年は四十から六十のあいだで、四十代の精悍《せいかん》さと、六十代のおちつきとが少しの不自然さもなく一躰《いったい》になっているようにみえた。

登は辞儀《じぎ》をし、名をなのった。

「新出去定《にいできよじよう》だ」と赤髯《あかひげ》が云《い》った。

そして登を凝視《ぎようし》した。まるで錐《きり》でも揉《も》みこむような、するどい無遠慮な眼《め》つきで、じっと彼の顔をみつめ、それから、きめつけるように云《い》った。

「おまえは今日から見習としてここに詰める、荷物はこっちで取りにやるからいい」

「しかし、私は」と登は吃《ども》った、「しかし待って下さい、私はただここへ呼ばれただけで」

「用はそれだけだ」と去定《きよじよう》は遮《さえぎ》り、津川に向かって云《い》った、「部屋へ伴《つ》れていってやれ」

人間の器の違いが出た出会いだ。一気に勝負をつけられてしまっている。経験の差は大きい。それ以上に、からだの芯《しん》を通る志の強さが違う。志という背骨に、経験という筋肉がついていく。その力強さが気迫となって、からだ全体からほとばしり出る。それが赤ひげの迫力だ。

一緒に診療をしながら、赤ひげは登に志と経験を伝えていく。

「貧しい人間が病気にかかるのは、大部分が食事の粗悪なためだ」接待へ戻ってから、去定《きよじょう》は登にそう云《い》った、「金持や大名が病むのは、たいてい美味の過食ときまっている、世の中に貪食《どんしょく》で身を亡《ほろ》ぼすほどあさましいことはない、あの恰好《かっこう》を見るとおれは胸が悪くなる」そして唾《つば》でも吐きそうな顔をした。

初めのうちは赤ひげに抵抗感を持っていた登だが、心がだんだん動き始める。自分の実力のなさを痛感させられたことも、心の素直さにつながっている。自分の実力がはっきりとさらされる目にあうのは、青年にとってはとりわけ必要な体験だ。自分の実力を客観視するところから、しっかり現実が見えてくる。志だけでは貢献できない。技術や経験を積む必要がある。現実に直面した登は、赤ひげに影響を受けていく。出世の道よりも養生所に残ることを登は決意する。赤ひげは、ここに残ることは許さない、と登にステップアップをすすめる。しかし、すっかり赤ひげの志が乗り移った登の決意は固い。

「この養生所《ようじょうしょ》にこそ、もっとも医者らしい医者が必要だ、——初めに先生はそう云《い》われました」と登はねばり強く云《い》った、「私もまたここの生活で、医が仁術《じんじゅつ》であるということを」

「なにを云《い》うか」と去定《きょじょう》がいきなり、烈《はげ》しい声で遮《さえぎ》った、「医が仁《じん》術《じゅつ》だと」そうひらき直ったが、自分の激昂《げっこう》していることに気づいたのだろう、大きく呼吸をして声をしずめた、「——医が仁術《じんじゅつ》だなどというのは、金儲《かねもう》けめあての藪《やぶ》医者、門戸を飾って薬礼稼《かせ》ぎを専門にする、似而非《えせ》医者どものたわ言だ、かれらが不当に儲《もう》けることを隠蔽《いんぺい》するために使うたわ言だ」

医が仁術だという金言さえも、赤ひげは信用しない。厳しい現実の中で、自分の非力を感じ続ける赤ひげならではの言葉だ。しかし、赤ひげに鍛えられてきた登も、すっかりタフになっている。

「はっきり申上げますが、私は力ずくでもここにいます、先生の腕力の強いことは拝見しましたが、私だってそうやすやすと負けはしません、お望みなら力ずくで私を放り出して下さい」

「おまえはばかなやつだ」

「先生のおかげです」

「ばかなやつだ」と去定《きよじよう》は立ちあがった、「若気《わかげ》でそんなことを云《い》っているが、いまに後悔するぞ」

「お許しが出たのですね」

「きっといまに後悔するぞ」

「ためしてみましょう」登は頭をさげて云《い》った、「有難《ありがと》うございました」

去定《きよじよう》はゆっくりと出ていった。


うーん、これはなんとも美しい師弟関係だ。志が、遺伝子のように身体《からだ》から身体へと乗り移っていく。志が聖火リレーのように受け継がれていく、そんな希望のあるラストシーンだ。

心に染《し》み入る会話が、山周ワールドの柱だ。『樅《もみ》ノ木は残った』の中の、原田甲斐《かい》と、親を殺され甲斐に引き取られた幼い娘宇乃《うの》との対話は、年の差を超えて心が通じ合っている。甲斐は娘を励ますために庭の樅の木のことを話す。

「木はものを云《い》うさ、木でも、石でも、こういう柱だの壁だの、屋根の鬼瓦《おにがわら》だの、みんな古くなるとものを云《い》う」

宇乃《うの》は悲しげな眼《め》をした。

「そのなかでも、木がいちばんよくものをいう」と甲斐《かい》はつづけた、「いまに宇乃《うの》が船岡へいったら木がどんなにものを云《い》うか、私が教えてあげよう」

さすが大人、といった感じの会話だ。秘密めいたものの言い方が子どもの心を引きつける。甲斐は、流れる水の如《ごと》く、誰とでも自然にコミュニケーションをとることができる。それが彼の社会的な力となっている。国元を離れた宇乃を慰めるように、甲斐はこういう。


「宇乃《うの》、この樅《もみ》はね、親やきょうだいからはなされて、ひとりだけ此処《ここ》へ移されてきたのだ、ひとりだけでね、わかるか」

　宇乃《うの》は「はい」と頷《うなず》いた。

「ひとりだけ、見も知らぬ土地へ移されて来て、まわりには助けてくれる者もない、それでもしゃんとして、風や雨や、雪や霜《しも》にもくじけずに、ひとりでしっかりと生きている、宇乃《うの》にはそれがわかるね」

「はい――」

「宇乃《うの》にはわかる」と甲斐《かい》は云《い》った。彼はふと遠いどこかを見るような眼《め》つきをした。

宇乃《うの》は思った。おじさまはお淋《さび》しい方《かた》なのだ。宇乃《うの》は甲斐《かい》の言葉をそのようにうけとった。


心と心がつながる会話はセクシーだ。目と目を見つめ合って言葉を交わすのもいい。しかし、樅の木のような、何かを一緒に見て、それを蝶番《ちょうつがい》にして心をしっかりと結び合わせるのは、より強力だ。甲斐が死んでも、樅の木は残る。宇乃の心には、樅の木を通して、いつまでも甲斐の言葉が残り続ける。それにしても、この作品のタイトルの付け方は、うまい。タイトルだけで、あれこれと想像をふくらませてしまう、そんな力がある。

大人が子どもと本当に心が通う会話ができたときは、幸福感に満たされる。『青べか物語』も、そうした観点から読むとおもしろい。この本の中の「経済原理」という話には、大人と子どものやりとりが繊細に描かれている。主人公の「私」が子どもたちに、フナを売ってもらえないかと持ちかける。その瞬間子どもたちの顔に緊張が走った。高く売りつけようというずるい気持ちが生まれたのだ。

「売《う》んか」と一人が他の者に云《い》った、「蒸気河岸《がし》の先生だぞ、な、売《う》んか」

少年たちは唾《つば》をのみ、水洟《みずばな》を啜《すす》り、バケツの側《そば》にいた一人は片足の拇指《おやゆび》で片足のふくら脛《はぎ》を掻《か》いた。「いやじゃねえけどよ」と一人はバケツへ手を入れて一尾の鮒《ふな》をつかみあげ、金色に鱗《うろこ》の光るその獲物をさも惜しそうに、また自慢そうに、そして私の購買欲を唆《そそ》るように、惚《ほ》れ惚《ぼ》れと眺《なが》めながら云《い》った、「こんなえっけえ金鮒《きんぶな》はめったに捕れねえからな」

「ンだ、みせえま」次の一人も一尾つかまえ、私のほうへ差出しながら云《い》った、「鯉《こい》っこくれえあんべえがえ」

さらに一人、さらにまた一人と、六人いる少年たちが全部、暗黙のうちに共同戦線を張って、私を懐柔《かいじゅう》し、征服しようとした。かれらの眼《め》は狡猾《こうかつ》な光を放ち、その表情には闘争的な貪欲《どんよく》さがあらわれた。

大人の話の持ちかけ方一つで、子どもたちの気持ちはどうにでも変わる。ずるくもなれば純粋にもなる。子どもたちは、フナを売りつけることに味を占めた。「私」のところに何度か売りつけに来た。しかし、四度目に、幸か不幸かお金が足りないために買い取りを私は拒絶した。それによって、事態は急変した。子どもたちの雰囲気が変わったのだ。

「みんな」と長が急に云《い》った、「それじゃあこれ先生にくんか」

くんかとは、贈呈《ぞうてい》しようか、というほどの意味である。途方にくれ、落胆していた少年たちの顔に突然、生気がよみがえった。それは囚《とら》われの縄《なわ》を解かれたような、妄執《もうしゅう》がおちたような、その他もろもろの羈絆《きはん》を脱したような、すがすがしく濁《にご》りのない顔に返った。

「うん、くんべ」と少年の一人が云《い》った、「なせ、これ先生にくんべや」

変化が起こる瞬間はおもしろい。関わり方が瞬間的に変化する。そんな一瞬をとらえて、文字に書き写す。これは大変難しい技術だ。売ろうとするときに心が妙なざわめきをおこし、プレゼントしようと決めたときにすっきりとする。子どもたちに起こったそんな変化が、この作品を読むと手触り感を持って感じられる。この土地の方言が、子どもたちの存在感を増している。子どもたちの言葉が、「私」の身体に入り込む。


私は自分の大きな過誤を恥じた。

少年たちに狡猾《こうかつ》と貪欲《どんよく》な気持を起こさせたのは私の責任である。初めに私は「その鮒《ふな》をくれ」と云《い》えばよかったのだ。売ってくれと云《い》ったために、かれらは狡猾《こうかつ》と貪欲《どんよく》にとりつかれた。私のさみしいふところを搾取《さくしゅ》しながら、かれらも幸福ではなかった。その期間、かれらは貪婪《どんらん》な漁夫でありわる賢い商人だったからだ。私は深く自分を恥じた。

「先生にくんよ、か」と私は口まねをしてみた、「これ先生にくんよ」

そう云《い》ったときの、すがすがしく、よみがえったような顔つきや動作を思いうかべながら、私は深く自分を恥じた。

おもしろいのは口まねをしているところだ。同じ口調で言葉を繰り返してみることで、子どもたちの感情が自分の身体の中に乗り移ってくる。子どもたちの心が優しく明るくほがらかになった瞬間が、「これ先生にくんよ」という言葉の中に凝縮されている。口の中で繰り返してつぶやいてみると、その言葉からすがすがしい香りが立ち上る。この土地で暮らしていこうという気持ちが強くなる、そんな印象的な出会いであった。

山本周五郎の作品には、長い時間をかけてやっと大切な何かに気付き心が安らかになる、という場面がたくさん描かれている。もがき苦しんだ時間が決して無駄ではなかった、と思わせてくれる。「おさん」という短編も、そうした作品だ。男が女への嫉妬心《しっとしん》から逃れられずに苦しみ続ける。それが、女が死に、墓参りをしたときに氷解する。この「おさん」という作品は、今私が一番好きな山本周五郎作品だ。女と男の深みが見事に描かれている。男を夢中にさせる女がどういうものか。

おれが手を伸ばすと、おさんの軀《からだ》はなんの抵抗もなくおれの上へ倒れかかってきた。そしてあれが起こったのだ、おれが抱き緊《し》めて、まだそれ以上になにをするつもりもなかったとき、おさんの軀《からだ》の芯《しん》のほうで音がした。音とはいえないかもしれない、水を飲むときに喉《のど》がごくっという、音とも波動ともわかちがたい音、抱き緊《し》めているおれの手に、それがはっきり感じられたのだ。おれはそれで夢中になった。おどろくほどしなやかで柔らかく、こっちの思うままに撓《しな》うぶな軀《からだ》の芯《しん》で、そんなに強く反応するものがある、ということがおれを夢中にしてしまったらしい。

そうした女に苦しむ男たち。苦しむのは男たちだけではない。当の女が一番苦しむことになる。おさんは、他の男の名前を無意識の中で呼ぶようになる。それに男は耐えられなくなる。そして女と別れる。おさんはまた別の男へ寄り添う。その繰り返しだ。おさんはどこかで一人の男に固く抱きしめられて終着駅としたいと思っている。しかし男たちが嫉妬の心に勝てず、おさんを丸ごと抱きしめることができなくなる。おさんに出会った他の男もこう言って、おさんのことを思い出す。

「あんな女はこの世に二人とはいねえな。可愛《かわい》いやつだった、頭のてっぺんから足の爪先《つまさき》まで、可愛《かわい》さってものがぎっちり詰《つま》ってた、ほんとだぜ、この世でまたとあんな女に会えるもんじゃあねえ、一生に一度、おさんのような女に会ったら、それでもう死んでも思い残すことはねえと思う、ほんとだぜ」

おさんは嫉妬の心に駆られた男に殺された。その墓に参った参太は、墓の中のおさんと対話する。

あんたはあたしを放しちゃあいけなかったのよ、あたしのからだの癖《くせ》を知っていたでしょ、あんたはあたしがこういうからだに生れついたことを、仕合せなんだって云《い》ったわね、こういうからだに生んでくれた親たちを、有難《ありがた》いと思わなければならないって、そうでしょう。そうだ、おれはそのとおりのことを云《い》った。けれどもよく考えてみればそうではない、そういうからだ癖《ぐせ》は却《かえ》って不幸の元になった。おさん自身でもどうにもならないそのからだが、おさんをほろぼすほうへ押しやったのだ。あんたがいてくれれば、こんなことにはならなかったのよ。いや、それはわからない、しんじつおれはがまんができなかったんだ。あんたがよ、あんたはがまんができなかった、なぜがまんができなかったのか、あたしにはわからなかったわ、なぜわけを云《い》ってくれなかったの、はっきり云《い》ってくれれば、あの癖《くせ》を直すことだってできたかもしれないじゃないの、どうして云《い》ってくれなかったの、どうして。

私にとって、この作品は非常に深い意味をもっている。私は人間を癖の集積だと考えている。ある人を愛せるかどうかは、その人の癖を愛せるかどうかにかかっている。おさんのからだの癖は自分でもどうにもならないものだ。その癖を受け入れるということは、おさんがこれまでに経験してきた男たちの影も受け入れるということだ。そもそも人が人を受け入れるということは、一人の人間を受け入れれば済むといった問題ではない。その人が関わってきた多くの人間の影や刻印を引き受けていくことになる。参太は、おさんが死んで初めて、おさんを受け入れる器を持つことができるようになった。

私にはおさんの言葉が深く入ってくる。おさんに関わった男たちがした後悔をしなくて済むように、器を大きくしたい。おさんの言葉は、そんな気持ちにさせてくれる。人と人の間で交わされる情を、山周作品で経験できる。これは大きな喜びだ。自分の気に入った会話のセリフを、『青べか物語』の「私」のように口まねしてみてほしい。自分の心に人情の種がまかれるのを感じるだろう。

（引用文中の……は中略）

裏庭の魅力

乙川優三郎

おとかわゆうざぶろう　一九五三年東京都生れ。『五年の梅』で山本周五郎賞を、『生きる』で直木賞を受賞。『霧の橋』など著書多数。

鏑木清方《かぶらききよかた》の『朝夕安居《ちょうせきあんきょ》』という画巻を見ていると、山本周五郎の描く混沌《こんとん》たる市《し》井《せい》と表裏する安らぎを覚える。山本作品を読み終えたあとの充足と解放感の世界と言ってもいいだろう。どちらも現実である。

絵は明治二十年ごろの東京、築地《つきじ》あたりの朝にはじまり、八丁堀界隈《かいわい》の夜で終わる夏の風物詩になっていて、一見すると江戸の風景とあまり変わらない。すぐに明治と分かるのは男性の頭に髷《まげ》がないことと新聞配達の少年がいるからで、女性はまだ日本髪である。早朝、道を掃く少女のそばを駆けてゆく新聞少年、笠《かさ》をつけた行商の男から総菜を買う長屋の女、井戸端に水を求めて集う人たち、と絵は庶民の日常を綴《つづ》ってゆく。日中、木陰に休らう風鈴売りの姿は皮肉な生業《なりわい》を思わせ、夕暮れ、往来の涼み台でくつろぐ男たちは、それぞれの一日から解放されている。

清方は分に応じて穏やかに暮らす市人《しじん》を愛し、深い共感をこめて、この絵を描いたらしい。「安居」という画題にも、質素だがゆったりとした暮らしにそそぐ、画家というよりはひとりの東京人の思いが感じられる。そこにいる人々はお互いの苦悩や悲しみを知っていながら、努めて平然と暮らすことで調和を保っている。見かねれば分相応に手を差し伸べるが、薄っぺらな人情で相手の傷口をえぐるようなことはしない。

しかし、その穏やかな空間に潜む山本周五郎の濃密な小説世界も紛れもない現実である。むしろこちらのほうが、見ようと思えばその辺にいくらでも転がっている不条理な現実であり、醜い葛藤《かっとう》や悲哀や放埒《ほうらつ》な生が描かれている。それらは、できれば人に知られたくない邪心であったり、放恣《ほうし》な行動であったりするが、醜いままでは終わらない。救いようのない現実を書いていながら、あとに清澄《せいちょう》な空気が残るのは、陽のあたらない谷間で生きるしかない人間にも光をあてた結果だろう。してみると、すべてが終わり帰ってゆくもうひとつの現実が清方の世界で、山本作品の在処《ありか》は目に触れにくい裏庭という気がする。その意味では、同じ人が清方の世界にもいれば山本の世界にもいる。ひとりの人間の中にもある清濁のとらえ方という点でも、書かれているものは裏庭にあたるだろう。

それぞれの物語は虚構でも、その作品世界は現実であり、山本周五郎はその目で作品に投影した現実を見ていたと思われる。知らなければ書けないこと、例えば本当の貧しさや身動きのとれない人間の喘《あえ》ぎといったものは、どの作家も自身が生まれ育った時代や風土から汲《く》みとるしかない。清方の絵にある風景は昭和の中ごろまであって、戦後生まれのわたしにも身近である。ましてやわたしより五十年早く生まれた山本なら、なおさらだろう。清方の絵に山本周五郎の世界が潜んでいてもおかしくはない。

清方は時代の流れとともに消えてゆく穏やかな世界を惜しみ、山本はいつの時代にもある社会や人間の暗部を描き出した。暗部は見苦しいものとは限らない。彼は小説という物語を通して、思いがけない悲運や誤解の当事者になってはじめて他人の苦しみを知るのは情けないと訴え、自分ひとりの幸福を追求して自分が生きている社会を見ようとしない人は、それだけで人生を終えてしまうから気の毒だと嘆いている。すぐそこに見るべきものがありながら見えない人、見ようとしない人の人生こそが卑小で、つまらないとでも言っているかのようだ。そういう強烈な主張や信念が物語には隠されているので、ともすると説教臭いようにとられるが、たとえそうだとしても観念的な説教ではないはずである。特異な経験や十分な観察を経なければ成り立たない小説であるから、読む側がどこかに教訓的な匂《にお》いを感じても不思議はないだろう。見たこともない世界を見せられて、何も学ばないほうがよほどおかしい。

時代小説は入口の玄関から座敷まではどうにか書けるが、ふだん人目を拒む裏庭を書くとなると急にむずかしくなる。そこには人が内に秘める邪悪な欲望や憎しみが投げ出されていて、むしろそちらのほうが本質であることが多いからである。そこを山本周五郎は目を光らせて見ていたに違いない。そのために彼の筆にかかると凡夫は凡夫でなくなり、偉人は偉人でなくなる。ひとりの人間を洞察することは、その人を取り巻く現実を探究することでもあるが、人間の思考や感情に確かな証拠がないことを考えると、歴史を反証するよりもむずかしいかもしれない。

一例をあげると、『さぶ』という作品の読後の主人公であるその人は、不器用で仕事もできず、人に軽んじられる存在だが、底抜けに善良な人柄だけで逆に圧倒的な存在感を見せつける。この「さぶ」のおよそ頼りない生き方と『よじょう』の宮本武蔵《むさし》が「見栄《みえ》っぱりのじじい」と化して死んでゆくのとを比べると、どちらが凡夫でどちらが偉人なのか分からない。おそらく、山本周五郎はこの二人に近い人間像をどこかで見ているはずである。だからこそ信念をもって書ける裏庭の世界ではないだろうか。ちなみに『やぶからし』で語られる女性の心の裏庭には、どうしようもない放蕩者《ほうとうもの》の前夫がいる。すでに再婚し、優しい夫と家庭に恵まれているにもかかわらず、かつての夫に翻弄《ほんろう》される女心を浅はかと断じるのはたやすい。しかし、心の問題は一般論と自身のことでは答えがまるで違ってくる。他人事《ひとごと》なら冷静に判断できることが、自分の感情となると厄介である。心の生きものである人間の哀《かな》しさ、不思議さは、やはりその人の裏庭を覗《のぞ》かなければ分からない。

山本周五郎は「曲軒」と渾名《あだな》されたが、作品から察するに信念の人である。けして頑迷な臍《へそ》曲がりではない。常に何が最も大事かを考え、物事を深く見つめているために、常識では切り結べないところがあったのではなかろうか。わたしごとき凡才がこんなことを書くと、やはり叱《しか》られると思うが、ある意味で実際に叱られたり、容赦なく論破されたりした人は幸せだと思う。ただの臍曲がりの高言なら無視することもできるが、たぶん誰もできなかっただろう。

『ほたる放生』という作品に、やはり社会の谷間に生きる男女が出てくる。自分を食い物にする情夫を殺して自害しようとする女郎には、もうひとり売笑でつながる男がいる。結局、男は好きな女のために情夫を殺して自分が堕《お》ちてゆく。だが、この男がいなければ蓮池《はすいけ》に浮かんだであろう女郎と情夫の屍《しかばね》は、単なる情死として片付けられたに違いない。日溜《ひだ》まりに暮らす人には見えにくい谷底の世界のことで救いがたいが、身をひさいで生きている人にはそこだけが現実である。物語の舞台は江戸時代の洲崎《すさき》だが、現代にも同じ世界がごまんとあることを思うと、この小説にも変わらない現実がある。

『やぶからし』や『ほたる放生』にみる、冷たい自堕落な男に対する女性の心理描写は秀逸で、鬱陶《うっとう》しい世界でありながら風を通したくなるような息苦しさは感じさせない。いつの間にか裏庭へ招じられて、開放された空間を歩かされているかのようだ。そこにはもちろん文章の力もあるが、読者を誘《いざな》うのは語り口のうまさで、計算されたリズムがあるような気がする。そして何より、どの作品にも山本周五郎という作家の気迫を感じる。

現在、これほどの気迫をもって小説に立ち向かう作家が幾人いるだろうか。書き出しはそのつもりでも、最後まで気迫を維持するのは至難である。そもそも曖昧《あいまい》な主題では気迫も生まれない。山本作品を読み直す度に自戒するのも情けないが、山本周五郎という作家が並外れた気力の持ち主であることも否定できない。彼ほど強靱《きょうじん》な意志で文学の虚空《こくう》を遍歴し、ながい坂を登り続けた人はいないだろう。

わたしはいま五十一歳になるが、同じ年齢で山本周五郎は『樅《もみ》ノ木は残った』の新聞連載をはじめている。もともと才能は比較にならないとはいえ、何という違いだろうかと思う。これほど素晴らしい先達がいながら追いかけない手はないと思っていても、実際には年を重ねるばかりで少しも追いつかない。自分に対する厳しさ、求道心がまるで違うのである。それは作品からも感じとれることなので、むしろ実作者ではない読者にこそ賞味してもらいたい。

清方の描く清爽《せいそう》な世界に比べ、山本周五郎の世界は失意や絶望や痛みに満ちている。その日その日をどうにか生きている人や、恵まれた境涯にもかかわらず苦しみを抱えている人たち、あるいは些細《ささい》なことに翻弄される人たち、とその目は一握りの英傑ではなく大多数の庶民に向けられている。つまり、わたしたちである。しかし苦しいからこそ、そこには希望や反骨が生まれる。同じ庶民の世界に共感しながら、清方は願いをこめて、山本は励ましをこめて、それぞれの視線で現実を描いたのかもしれない。

このふたつの世界に触れて、ふたつながらほっとするのは、人間も人生もそう悪くはないぞ、と思わせるものが見えてくるからだろう。実は清方の『朝夕安居』にも裏庭があって、夕暮れ、雨戸を目隠しに行水する女が描かれている。一日の汗を流す女の姿に屈託は感じられない。山本が凝視した現実から解放されたような、もうひとつの裏庭の表情がそこにある。浸《ひた》っていたいのは清方の世界であり、向き合わなければならないのが山本周五郎の世界であるような気がする。

コラム　無冠の実力派への道③

周五郎は、賞を受けない理由として、「すでに賞は貰《もら》っている」と言う。周五郎の「賞」とは、読者の好評、賞賛のこと、作家にはそれ以外のなにものもいらない、というのが周五郎流であった。

また周五郎が活躍した時代は、文学の世界が、純文学と大衆文学とに画然と区別され、ともすれば大衆文学が下に見られる風潮もあったが、周五郎は、小説には純文学も大衆文学もなく、「面白いものは面白いし、つまらないものはつまらない」と喝破していた。

こころがけたのは、読者本位。だからこそ周五郎の作品は、今でも多くの読者から支持を受け、読みつがれているのである。

読者賞を辞すの弁

山本周五郎

このたび私に本誌の読者賞が与えられる、ということを聞きました。まことに感謝にたえないしだいですが、私はつねづね多くの読者諸氏と、各編集部、また批評家諸氏から過分の賞をいただいており、それだけで充分以上に恵まれているしだいなので、いま改めて「賞」を受けることは、むしろ私の気持の負担になりかねない、という実情のため、御厚意にそむくようですが辞退いたします。

これは頑固さからではなく、極めて謙遜な気持からの辞退であるということを認めていただけるよう、感謝とともにお願いを申上げます。

文藝春秋読者賞辞退の弁

島内景二

【しまうち・けいじ】

1955年長崎県生れ。東京大学大学院修了。国文学者。『文豪の古典力』『歴史小説真剣勝負』など、新視点から日本文学の全貌に肉薄。電気通信大学教授。

◎◎

評伝 山本周五郎

ある求道者《ぐどうしゃ》の一生

【怒りの人・曲軒】

山本周五郎は、怒りの人だった。喧嘩《けんか》の人だった。文壇の酒豪番付で横綱にもなったことのある彼の飲み方は、「説教酒」あるいは「議論酒」。酒の席で、つまらない馬鹿《ばか》話をしている人を軽蔑《けいべつ》し、文学論や人生論をふっかけ、気に入らないと殴り合いに発展するのが常だった。喧嘩も強く、『姿三四郎』の作者である富田常雄（父親は講道館草創期の四天王の一人）とも、対等に渡り合ったという。

人呼んで、「曲軒」。へそ曲がりで、つむじ曲がり。『人生劇場』で有名な尾崎士郎の命名らしいが、このニックネームを本人も気に入っていたフシがある。だが、「山本周五郎」というペンネームを「山周」と省略されることは嫌ったという。山本周五郎を尊敬していた山口瞳《ひとみ》は、「山本周五郎さんのことを山周と呼ばないでくれ給《たま》え」と訴えている。でも、「山周」は親しみを込めた愛読者からの呼びかけである。決して悪気がないことを山本周五郎の霊魂に告白すれば、「山周」と呼ぶことへのお許しは出ると思う。その方が、「周五郎文学の本質は…」などという堅苦しい文章になるよりは、山本周五郎の霊魂も喜んでくれるのではないか。ただし、ここでは「山本」と書くことを基本としよう。

この怒りの人に、よく仕え、よく支えたのが、木村久邇典。山本は、エッセイでは「くにのり」とひらがなで書いている。山本にとっての木村久邇典は、内田百閒《ひやつけん》にとっての平山三郎（愛称は「ヒマラヤ山系」）と同じ。平山三郎が内田百閒の人生の語り部となって精緻《せいち》な伝記を残したように、木村久邇典は山本の最大の顕彰者となった。木村の努力で、山本の人生の真実はほとんど突き止められている。また、木村は新潮文庫で山本の短編集を数多く編集し、すぐれた解説を書いた。山本は太宰治《だざい》の才能を高く評価していたが、木村は太宰と同じ津軽の出身だった。何よりも木村の人柄と、文学に対するいちずな姿勢が、「曲軒」先生のお眼鏡《めがね》にかなったのだろう。

【学歴はないが、実力はある】

山本が生まれたのは、明治三六年。この時代に、裕福な家庭に生まれた子どもは、いくらでも学校で学ぶことができた。小学校で六年、中学校で五年、高等学校で三年、そして帝国大学で三年、合わせて一七年である。

わが国を代表する文豪のうち、夏目漱石《そうせき》・芥川龍之介《あくたがわりゅうのすけ》・川端康成・三島由紀夫は、東京大学卒。谷崎潤一郎・太宰治は、東京大学中退。彼らは、「最高学府」に学んだ体験がある。

その一方で、高等教育と無縁の作家がいる。経済的な事情から中学校に進めなかった吉川英治・松本清張、そして山本たちである。吉川英治は、文化勲章を受けるほどの国民的な大作家となった。松本清張は、権力の腐敗を暴《あば》き続けたし、歴史解釈をめぐって東京大学教授と堂々と論戦して一歩も引かなかった。人生という学校で勉強した「たたきあげ」の作家には、強烈な個性の持ち主が多い。山本は、高学歴を誇るエリート編集者に皮肉を言うけれども、学問の権威にことさら噛《か》みつくことはなかった。

だが、権力嫌いで、権威ある賞という賞をすべて辞退した。曲軒というあだ名を持つ山本の、へそ曲がり・つむじ曲がりは、この学歴コンプレックスと決して無関係ではない。

時代小説の世界には、長谷川伸《しん》という大物がいる。代表作は、『瞼《まぶた》の母』『沓掛《くつかけ》時次郎』。『鬼平犯科帳』の池波正太郎や『御宿《おんやど》かわせみ』の平岩弓枝たちの師匠に当たる。この長谷川も、小学校中退である。山本は、吉川英治ともソリが合わなかったが、長谷川伸にも反発していたらしい。学歴のない者同士で連帯することはなく、まさに山本は「一匹狼《おおかみ》」だった。

生前の山本は、中学には入学したことはしたが一学期だけで中退した、と人には語っていた。中学にも進めなかった実人生は、思い出すにもミジメすぎて、「中学中退」という幸福な物語を作ったのだろう。

山本は、食いしんぼ（本人は「食いたしんぼ」と称していた）で、酒を愛したが、いわゆる「グルメ」や「ワイン通」「洋酒通」ではなかった。もともとは大のビール党だったらしいが、輸入物の高価なものではなく、サントリーなどが普通に市販している大衆酒（ウィスキーやワイン）を痛飲して、その味の違いがわかったという。当時、酒通として有名だった吉田健一（吉田茂元首相の長男で、ケンブリッジ大学に留学体験を持つ）を引き合いに出しつつ、「吉田健一さんは、○○という高級酒を愛飲しているようだが、自分は○○が好きだ」というような屈折した書き方をしたエッセイがある。コンプレックスと、その裏返しの意地。いかにも名もない庶民を描き、一人一人の個性の違いを精妙に描き分けた山本らしい飲み方である。

吉田健一は、純文学と大衆文学とを区別せず、「よい文学」と「つまらない文学」の二つしかないと考えた。そして、「純文学」の中にも自然主義のように面白くないものもあるし、大衆文学にも一流の作品があると、公平に判断する鑑識眼を持っていた。吉田が読売新聞に長期間連載した「大衆文学時評」では、山本に対して基本的に好意的な姿勢である。その点は、山本にもよくわかっていた。学歴の違いを超えて、二人の文学観は一致していた。どちらも、本物の文学者だったからだろう。

【写真を撮らせなかった若い頃】

写真嫌いの芸術家は多い。エネルギーが吸い取られるとか、影が薄くなると信じている人もいる。カメラに向かって、卑屈な愛想笑いをするのが耐えられない人もいる。山本は、小説の作風と自分の容貌《ようぼう》のギャップに苦しんで、若い頃は自分の顔の写真を撮らせなかったと言われる。またいとこの秋山青磁は、有名なプロ・カメラマンだったので、山本もカメラには詳しかった。ちょっと奥目がちで、中肉中背のずんぐりむっくりした体型なので、被写体になるのを嫌ったのだろう。

何よりも、山本の「武家もの」では、毅然《きぜん》として凜々《りり》しく清々《すがすが》しく、竹を割ったような快男児が描かれる。さぞかし、この小説の作者も好男子だろうという、特に女性読者の期待を裏切るのがしのびない、というのが本人の弁である。最近の文芸作品の宣伝では、男女を問わず作者の顔写真が載る。外見も、評価のうちである。今デビューするとしたら、山本も困ったに違いない。

学歴コンプレックスと、容貌コンプレックスの複合体。それが、「山周＝山本周五郎」だった。だが、晩年の山本は、押しも押されもせぬ大家となった。そこまで自分に自信が出てくると、写真を撮られることも嫌わなくなった。「人間」としての年輪が、彼を「いい顔」の持ち主へと変えたのだった。

【キリストのように、物置小屋で生まれる】

山本の本名は、清水三十六《さとむ》。明治三六年六月二二日の生まれ。生まれた年が明治「三十六」年だったので、清水「三十六」と名づけられたのだろう。父・逸太郎、母・とくの長男である。後に、弟の潔、妹の末子が生まれた。

生地は、山梨県北都留《きたつる》郡初狩村（現在の大月市初狩町）である。だが、本人はこの場所ではなく、清水一族の本籍地である北巨摩《きたこま》郡大草村若尾（現在の韮崎《にらさき》市大草町）

を出生の地と称していた。作家だから、ある程度自分の人生を脚色したのだろう。清水氏の先祖は武田家に仕えた武士で、秘蔵の軍資金を守って武田家の再興に備えたという古い言い伝えがあった。これは、山本のロマンティシズムあふれる伝奇小説『山彦乙女』そのままの世界である。山本は、自分の体の中を「貴種の血」が流れていると信じていた。あるいは、信じようとした。

山本は、「どん底からの出発」をするしかなかった。だが、もしも先祖が名門の武士だったとすれば、「日はまた昇る」という「U字回復」のパターンになる。室町時代の『一寸法師』は、中納言《ちゅうなごん》だった祖父が失脚して難波に左遷《させん》されたのを、孫の一寸法師が都に出て大活躍して、名誉回復するというストーリーである。名門の清水家も、三十六少年の都での大活躍によって、かつての栄光が取り戻せる。針の力ではなく、筆の力で。

山本の祖父・伊三郎は、大草村から初狩に移転して、繭《まゆ》の仲買をしていた。その息子の逸太郎が二五歳の時、とくと自由恋愛をして、彼女は身ごもった。二人はなかなか結婚が許されず、三十六は物置小屋で産み落とされたという。聖徳太子も「厩戸《うまやど》の皇子《おうじ》」という呼称があるし、キリストも馬小屋で生まれた。世が世ならば立派な武田武士の名門の子が、物置小屋で産声《うぶごえ》を上げねばならなかったとは。

山本の誕生後は、両親の結婚も認められたが、幸福な日々は続かなかった。明治四〇年八月、山本が四歳の時、初狩には大雨が降り、土石流が発生した。山本とその両親は無事だったが、祖父も祖母もこの災害で命を失った。そして、多額の借金が父の肩に残された。

母のとくは、山梨の竜王町の出身。竜王町は、江戸時代に山県大弐《やまがただいに》という兵学者を産んでいる。この幕府に睨《にら》まれて死刑にされた山県大弐を、山本は小説にしている(『明和絵暦』)。母への思いが、山県大弐への興味につながったのだろう。

【田舎からの上京、そして横浜へ】

父の逸三郎は、運を好転させようとして、東京へ出てくる。しかしすぐに、横浜に転居した。逸三郎の計画では、彼自身が一寸法師のように「一旗揚《あ》げる」つもりだったのだろう。だが、彼は芽が出ずに、貧乏生活が続いた。

山本は、東京府北豊島郡の豊川小学校に入学したが、すぐに横浜市中区の戸部小学校に転校した。そして、学区変更に伴って西前小学校の第一期生となり、そこを大正五年に一二歳で卒業したのが、山本の最終学歴となった。向学心に燃える山本は、貧しい生活を打開して息子を中学校に進学させられない父の甲斐性《かいしょう》のなさを心から憎んだことだろう。この父は、女性関係にもルーズだったらしい。しかも、山本を奉公させる際に、数年分の賃金を父親が前借りしてしまった。後年、「正しく生きる」ことや「美しく生きる」ことの大切さを説いた山本だが、彼の小説で「理想的な父親像」が描かれることは少なかった。母親を美化した小説は、たくさんある。こんなところにも、少年時代のトラウマが暗い影を落としている。

そう言えば、谷崎潤一郎の父親も商才がなく、一家は没落している。けれども、親切な人々の経済的援助で名門の府立一中・一高・東京大学へと進学することができた。山本は、自分で働きながら夜学に通うしかなかった。

小学校時代、既に山本は「作家になる」という決心を固めていた。三年と四年の時の担任だった水野実先生が、「君は小説家になれ」と言ってくれたという。高等教育はおろか中等教育も受けられなかった山本にとって、「先生」と呼べる人は、この水野実しかいなかった。山本少年は、実際の出来事にフィクションを交え、しかもいかにもありそうなリアリティを漂わせるのが得意だったという。水野先生は、半分あきれ気味に、半分感心して、「君は小説家に向いている」と言ったのではないか。でも、その一言が、山本の一生を決定した。「君は小説家になれ」という先生の言葉が、「ぼくは小説家になる」という決意に変わる。この決意を毎日毎日つぶやくことで、遂《つい》にそれを実現した。典型的な「自己実現的予言」である。版画家棟方志功《むなかたしこう》の「わだばゴッホになる」という決意とも似ている。

父親は、山本の「小説家になる」という決意を聞いて、心配した。だから、山本が「ぼくは小説家になる」という予言を口にすることで、父や親類の反感を買い、猛反対されて、文学への夢を断念しなければならなくなるという危険性もあった。その時には、「ぼくは小説家になる」という言葉は、「自己破壊的予言」になってしまう。山本の名作『柳橋物語』で、おせんは、「待っているわ」のたった一言で、自分の未来を台無しにしてしまう。山本は、予言めいた言葉が切り開く運命の不思議さを、よく知っていた。だからこそ、最後にはわが国でも屈指の小説家になれた自分の幸運も、噛みしめたことだろう。そしてそれが、自分一人の力ではとうてい不可能だったことも知っていたことだろう。

なお、西前小学校の校長の和田奈々吉も、作文（綴方《つづりかた》）教育に熱心に取り組み、山本の能力を認め、学校新聞（学級新聞）の責任者に指名したという。ところで、山本の生まれた明治三六年は、西暦一九〇三年である。去る二〇〇三年は「生誕百年」の区切りの年だったので、この年の六月二一・二二の両日に（山本の誕生日は六月二二日）、横浜市立西前小学校では「山本周五郎記念行事」が行われた。山本作品をたくさん映像化したTVプロデューサーの石井ふく子氏などが講演した。

【真の父と出会う】

西前小学校を卒業した山本は、東京の木挽町《こびきちょう》（現在の銀座近辺で、歌舞伎《かぶき》座の当たり）にあった質屋「山本周五郎商店」で、住み込みの徒弟として働くことになった。横浜の自宅の隣に住んでいた人が、この質店の番頭だったというコネである。この就職が、「清水三十六少年」を「山周＝山本周五郎」へと大飛躍させるスプリング・ボードとなった。清水三十六が「山本周五郎」というペンネームを名のったのは、この店主を心から尊敬していたからである。息子を中学にさえ行かせられない実の父と比べて、店主の山本周五郎は何と人間が大きかったことか。

彼は「きねや」という屋号の質店の店主であったが、いわゆる「金貸し業」のマイナス・イメージとは無縁だった。一円を限度としてではあるが、無利子・無期限・無催促で貧しい人々に融資した。この破格の善意は、山本の短編『裏の木戸はあいている』などのモデルとなった。しかも、「洒落斎《しゃらくさい》」（「洒落臭い」のもじり）というペンネームで、文章を書いていた。そして、徒弟たちにも夜学へ通わせた。山本も、ここで働きながら、大原簿記学校と正則英語学校に通って、勉強した。むろん、中学や高校で学ぶ教養ではなく、実学を教える学校だった。

店主は山本少年を愛し、特別に質倉で夜間も読書することを許した。ここで、山本は「第二の父親」と出会ったのだ。自分にDNAを与えてくれた父親ではなく、自分に「魂」を入れてくれた父親である。漢文には、「師父《しふ》」とか「亜父《あふ》」とかいう言葉がある。人間が父親を尊敬するのを前提として、「父親のように尊敬する人」あるいは「父親に次いで敬愛する人」という意味である。山本は、「父親を越える偉大な第二の父親」と巡りあえた。そして、文章修業に励んだ。「君は小説家になれ」という水野先生の言葉を唱えながら。

店主夫人の山本津多も、山本にとって「母親以上の母」。短編『かあちゃん』で、若者が血のつながらない親切な女性に向かって「かあちゃん」とつぶやく場面がある。まさに、津多は「かあちゃん」だった。

そして、店主令嬢。彼女たちは、美人である。山本の『さぶ』では、職人の栄二が大店《おおだな》の娘から惚《ほ》れられ婿《むこ》養子になる可能性すらある、という状況を描いている。山本少年の店主令嬢への「秘められた愛」は、いくつかの作品に「あこがれ」として影を落としているようだ。

山本は、ここでも「自分を主人公とする理想の物語」を作り出している。本人がしばしば他人に語ったところでは、自分と店主は「遠縁」であり、店主は自分を長女の志津（志津子）と結婚させ、店を継がせるつもりだった、でも自分は文学がやりたかった、というのである。「空想癖」というよりも、そういう物語を創作することで、日々を生きる勇気を得ようとしたのだろう。店主は山本の才能を買っていたが、娘婿にしようという気持ちはなかったようだ。この志津は、三輪田高等女学校在学中に、わずか一八歳で急逝してしまった。

山本のまたいとこの秋山青児も、この山本周五郎商店の徒弟となった。彼が、後の写真家の秋山青磁である。ちなみに、青磁は被写体になってもおかしくはない、いい男である。

【年上の須磨寺夫人への恋心】

時は、あっという間に流れる。一二歳で山本周五郎商店の徒弟となった山本は、早くも二〇歳になった。大正一二年のことである。この年、徴兵検査を受けたが、右目の視力がひどく悪いために、「丙種《へいしゅ》合格」に留まった。「甲乙丙丁」の「丙」であり、要するに現役の兵士に不適当ということである。山本は、兵隊にならずに済んだ。

この年の九月一日、関東大震災が発生。山本周五郎商店も閉鎖することになり、山本青年は職を失った。この時、彼の足と心は、なぜか大阪へ向かった。被災者の交通費は、無料だったのだ。谷崎潤一郎も関東大震災によって東京に幻滅し、関西へ移住した。山本は、小説家への脱皮を夢見て関西へと旅立った。

本人の記憶では、大阪に着いてすぐに『大阪朝日新聞』を訪ね、東京での被災記を売り込んだという。原稿料はもらったが、活字にはならなかった模様。とにかく、積極的に動いている。

まもなく、神戸の須磨《すま》に落ち着く。ここには、小学校時代のクラスメート・桃井達雄の姉じゅんの嫁ぎ先があった。この「友だちの姉」に、山本は子どもの頃から強い憧《あこが》れを抱いていた。彼女のニックネームは「須磨寺夫人」。夫は国際汽船の社員で、妻子を神戸に残して米国滞在中。「須磨寺夫人」が夫の赴任先に旅立つまでの約五か月、山本は「憧れの人」の家で下宿することができた。このあたりは、当事者の記憶が錯綜《さくそう》していて、なぜ山本が美人の夫人の家に同居できたのか、詳しい事情がわからない。でも、文学仲間だった桃井達雄も、一緒に暮らしていたようだ。

山本の心の中は、一寸法師が「お姫様」に恋をしたような感じだろうか。一つ屋根の下で暮らし、男は女に好意を持つ。女の気持ちは、どうだったのか。彼女には一流企業勤務の夫もいたし、かわいい男の子もいた。現実には、恋の告白もないし、まして略奪婚というわけにはいかなかった。後年の須磨寺夫人の回想では、山本は不潔で、近寄ると臭かったという。これではとても、相思相愛の「禁じられた年上の人妻との恋愛」は不可能だった。でも、現実はそうでも、山本の想像力は止められない。

短編『須磨寺附近』(『花杖記《かじようき》』収録)は、大正一五年の『文藝春秋《ぶんげいしゆんじゆう》』に載った山本の文壇デビュー作。発表時点で、山本は急速に復興しつつあった東京に戻ってきていた。純文学を目指す文学青年の書きそうな小説である。「須磨は秋であった」という印象的な一文は、平安時代に中納言在原行平《ありわらのゆきひら》が須磨に左遷されてきて「秋風」の和歌を詠《よ》んだことや、『源氏物語』の須磨巻で光源氏が須磨の秋に「もののあはれ」を噛みしめたというあたりを意識している。かなり力が入っている。『須磨寺附近』は「現代もの」だが、早くも後の「山周」ワールドの基本が打ち出されている。

「人間の一生に」青木が谿流《けいりゆう》の中に持っていた杖《つえ》の先をひたしながら云った、「こうした静かな行楽や、温かい散歩が何度あるだろうか」

この「青木」は、桃井達雄がモデル。しかし、山本自身の思いでもあった。人生は、つらい。でも、愛する人と共有したたった一度の、しかも短い「幸福の記憶」があれば、人間はどんな苦難に満ちた長い人生でも耐えていける。この思想は、『赤ひげ診療譚《たん》』で、子どもを道連れに無理心中を図った女の告白などにも通じている。

ああ、とおふみは思いだしたように微笑した、「水戸を立退《たちの》くまえに、親子で大洗《おおあらい》さまへいきました、弁当を持って半日、親子で暢《のん》びり海を見て来ましたが、あとにもさきにもあんなに気持の暢びりした、たのしいことはありませんでしたよ、生れてっから今日まで、ええ、あのときがたったいちどでした」。

そして、山本の志を継いだとされる乙川優三郎の『安穏河原』を読んでみる。第一二七回の直木賞を受賞した短編集『生きる』の代表作である。「人はただ一度の楽しく嬉《うれ》しい記憶だけで、後のつらい日々も何とか生きていくことが出来る。生きるに価《あたい》しない人間など、ひとりも存在しない。そうした主題が切々と語られていて、素直に読者の心に迫ってくるのである」（林真理子の直木賞選評）。ああ、山本の心は、今もなお脈々と受け継がれて、乙川の心となって生きている。何と、すばらしいことか。

山本の「須磨寺夫人」への恋は大切な思い出となって、彼の一生の記念となったことだろう。そして、彼女を時代ものに転生させたヒロインも、書かれ続けたことだろう。山本は、この関西時代に「女性を知った」と推定されている。彼の小説には、年上の女性がウブな若者をめくるめく性の世界に誘惑するというパターンが多い。おそらく、年上の水商売の女性が相手だったのだろう。山本にとって、その相手が九歳年長の「須磨寺夫人」でなかったのは、夢の挫折《ざせつ》であった。

【須磨の浦から、浦安の海岸へとさすらう】

山本は、須磨の秋の思い出を胸に秘め、大正一四年の一月には帰京する。そして昭和三年の夏から、千葉県の浦安町（現在の浦安市）に住む。ここは、「青べか」と呼ばれる貧相な小舟で、漁師たちがノリ漁をする漁村だった。同じ海岸地帯でも、須磨には美貌《びぼう》のマドンナが住んでいたのに対して、こちらの浦安には揃《そろ》いも揃って庶民的な男女ばかりが住んでいた。室町時代版の『一寸法師』では、小舟に乗って、お姫様と二人で鬼ヶ島に漂着する。山本は単身、「青べか」に乗って鬼ヶ島に漂着したのだ。ここでの「男鬼」「女鬼」「子鬼」「老鬼」などとの出会いは、山本の人間認識を一挙に深め、昭和三五年の『青べか物語』へと結実する。青年時代の体験が、三〇年の後に、見事な傑作となったのだ。

高梨正三《たかなしまさみ》。『青べか物語』で「高品」という名前で出てくる彼が、浦安時代の山本を経済的に援助してくれた恩人である。中外商業新報（現在の『日本経済新聞』）に勤める人だった。『日本経済新聞』に、後年の山本の代表作『樅《もみ》ノ木は残った』が連載されるのは、奇縁というしかない。

帰京後の山本は『日本魂』という雑誌の記者をしていた。この雑誌は、大正五年に創刊された。天皇賛美の皇国史観思想を広め、富国強兵・尽忠報国・忠孝を唱えた雑誌である。帝国興信所（現在の帝国データバンク）の創業者・後藤武夫が日本魂社の社長だった。後藤は、『忠臣蔵』で有名な大石良雄の末裔《まつえい》を称し、大石家の子孫や南朝の楠木正成《くすのきまさしげ》の子孫を保護したりした。

山本は、既に女性との肉体関係を経験しているので、その方面でもかなり遊んだらしい。また浦安に住むようになってから会社までの通勤時間がかかるようになり、勤務がおろそかになって後藤社長の怒りを買い、転居してから数か月で退職に追い込まれたという。山本は、小説で歴史的人物をたくさん書いたが、不思議なことに『忠臣蔵』や南北朝ものは目立たない。後藤への反発だろうか。後年、山本は「自分が日本魂社を辞めたのは、宮本武蔵《むさし》をパロディにして小説を書いたのが、後藤の逆鱗《げきりん》に触れたからだ」と語っていたらしい。これも、山本一流の「創作された人生」という物語だったのだろう。

日本魂社には、後に相撲評論家となる彦山光三や、宗教家（禅僧）の宅間大乗らがいて、親しく交際したという。彦山の妻の妹に当たる女性に、山本は熱を上げて結婚まで考えたというが、結果的には山本の失恋に終わった。

山本は、日本魂社を退社した後は、定職に就《つ》かず、執筆に専念した。彼の才能は十数年後に花開き、『日本婦道記』(新潮文庫では、『小説 日本婦道記』)が昭和一八年上半期の第一七回直木賞を受賞した(結局は辞退)。『日本婦道記』というタイトルは、ちょっと大げさだが、山本の考える「日本魂」の女性バージョンを謳《うた》いあげた力作群である。その一方で、山本の「日本魂」の男性バージョンとして、『日本士道記』と名づけられた爽《さわ》やかな武士たちを描いた連作がある。

山本の日本魂社での勤務は、決して無駄ではなかった。

【妻の力と、励まし】

文筆で生計を立てるのは、むずかしい。印税が期待できるのは、文壇の一握りの大家だけ。普通の小説家は、一作ごとの原稿料で生活するしかない。だから、原稿料の前借りの能力と、いかにして原稿料を引き上げるかの交渉術が、作家生活を左右する。山本は、このどちらにも卓絶した能力を持っていた。でも、「小説家＝貧乏」という図式は、大体において当たっていた。

昭和五年、土生《はぶ》きよいと結婚した(「い」は、正しくは「以」という漢字の草書体)。山本が慶応大学病院に入院しているときに、看護婦として温かく接してくれたのが、きよいだったらしい。患者と看護婦の間に愛が芽生えたのだ。山本は、きよいには結婚を誓った恋人がいたのを自分が奪ったと回想している。これが真実なのか彼一流のフィクションの交じった物語なのかわからないが、本人は「略奪婚」のつもりだったわけである。翌年、長男・篌二《こうじ》が誕生。昭和八年には長女・きよが、一〇年には次女・康子が、少し間をおいて一八年には次男・徹《とおる》が生まれている。

妻のきよいは、宮城県亘理《わたり》郡吉田村（現在の亘理町）の出身。ここは、山本の最高傑作『樅ノ木は残った』の舞台の一つともなっている。妻は、苦しい家計を支えて『日本婦道記』のモデルとなったばかりでなく、山本の精神世界を拡《ひろ》げてくれた。

夫である山本の「志」を知るきよいは、山本が単なる「大衆作家」として終わることを喜ばなかった。自分は「大衆作家」の妻になったのではないと口にして、夫の純文学への志を助けたという。この賢夫人にして、「小説家」の山本があった。ただし、夫は「曲軒」ぶりを発揮して、仕事に行き詰まった時など、妻に対して乱暴をはたらくこともないではなかったらしい。でも、きよいは黙って耐えたという。このきよいが膵臓《すいぞう》ガンで亡《な》くなったのは、昭和二〇年五月四日。太平洋戦争の最末期で、棺桶《かんおけ》を調達できなかった。山本は、本棚を解体して棺桶を作り、葬儀場までリヤカーで引いていったという。また、空襲のさなかに長男が行方不明になるという一幕もあった。

ところで、漱石や鷗外《おうがい》は、「悪妻」で苦しんだとされる。皮肉まじりに、「悪妻が文豪を作る」と言われることもある。山本は、そうではなかった。きよい夫人には、つらい日々を支える「美しい思い出」があったのだろうか。そして、どのような「きよいのいた風景」を、生きる糧《かて》として山本や子どもたちの心へ残したのだろうか。

【馬込文士村の一員となる】

少し、時間を巻き戻す。きよいと結婚後の山本は、ごく短い期間を神奈川で過ごしたほかは、昭和六年から下荏原《しもえばら》郡（現在の大田区）馬込《まごめ》で暮らすようになった。馬込の中でもう一度引っ越しているが、昭和二一年に横浜に転居するまでここに住んだ。当時の新興住宅地である馬込には、貧しいけれども大望を抱いた「芸術家」や「文士」がたくさん住んでいた。「馬込文士村」という言い方がされることもある。芥川龍之介が住んでいた「田端文士村」と、雰囲気が似ていた。

馬込に居住していたのは、詩人の室生犀星《さいせい》や藤浦洸《こう》、小説家の尾崎士郎、演歌師の添田さつき、児童文学者の吉田甲子太郎《きねたろう》や村岡花子、芥川龍之介の憧れの女性だった片山広子たちである。『月に吠《ほ》える』の詩人・萩原朔太郎《はぎわらさくたろう》も、昭和四年まで馬込に住み、カメラが得意だった彼は当時の馬込を写真に残している。はるか後年だが、三島由紀夫もこの馬込に豪邸を構えた。

山本は、自分の文学を高めるために、新しい文学仲間と切磋琢磨《せっさたくま》したいと願っていた。新しい知人との交遊は、山本の小説の栄養源となったに違いない。中でも、山本がライバルと見なしたのは、今井達夫。慶応大学の関係者が集う『三田文学』のメンバーだった。ただし、現在は山本の一人勝ちで、今井達夫の名は忘れられかけている。それだけ、山本の努力と才能が大きかったということだろう。また、馬込文士村の仲間の仲介で、大出版社の講談社とコネを作ることにも成功した（ちなみに、新潮社が初めて山本の作品を掲載したのは、戦後の昭和二三年六月号『小説新潮』から）。

山本のエッセイ「全部エヌ・ジイ」（『雨のみちのく・独居のたのしみ』収録）には、大森の文化人たちが大相撲に凝って本格的な土俵で戦ったというエピソードも紹介されている。山本のしこ名は、「平錦《ひらにしき》」だったらしいが、口さがない仲間たちは「馬錦」と呼んでいた。馬力があったのだろう。

当時の山本と最も親しかった文学者仲間の一人である小野金次郎は、作詞家である。そして、馬込文士村仲間の添田さつき（本名は知道）も父・添田唖蟬坊《あぜんぼう》の才能を継いだ演歌師で、「パイノ・パイノ・パイ（東京節）」「ストトン節」などの代表作がある。

小学校時代の山本は横浜に住んでいたが、お隣の家の質店の番頭は添田唖蟬坊の甥《おい》だった。

山本の小説を読んでいて気づくのは、彼のあふれ出る「歌心」である。『樅ノ木は残った』や『虚空《こくう》遍歴』でも、歌が大切なモチーフとなっている。山本自身も、歌うのが得意だったらしい。興が乗れば、小学校時代に覚えた文部省唱歌を大声で歌ったという。ゴーリキーの『どん底』の芝居を見て感動し、劇中歌を何度も愛唱していたともいう。

山本の「歌」好きは歌謡だけでなく、「和歌」を愛する「歌心」へも発展した。山本はたびたび、五七五七七の「和歌」を巧みに作品の中に織り込んでいる。短編『古今集巻之五』（『四日のあやめ』収録）は、自分の妻の裏切りで人間不信に陥った男が、妻とその愛人を許せるところまで立ち直る佳作である。この小説では、「秋の露は一《ひ》と色であるのに、草や木の葉をちぢの色に染《そ》める」という意味の和歌が、「男と女が惚《ほ》れあう、ということは同じなのに、一つとして同じような惚れかたがない、みんなそれぞれに違っているんだから妙なものだわ」という恋愛の比喩《ひゆ》として使われている。不思議なことに、小説の中には、和歌の本文が記されていない。でも、

白露の色はひとつをいかにして秋の木《こ》の葉をちぢに染むらむ（藤原敏行《としゆき》）

であることは、すぐにわかる。

こういうのが、「山周ぶし」である。「人情の機微」ということばがあるが、複雑で

なかなか言葉になりにくい微妙な心のひだを精妙に描き分けること。そして、人間の周囲の美しい自然の中に、喜怒哀楽の感情を包み込むこと。それが、山本の節回し(=山周ぶし)である。詩人や作詞家の知人が多かったのは、決して理由のないことではない。彼の「曲軒」というあだ名の「曲」は、「つむじ曲がり」のほかに楽曲という意味もあったのか、などとも勘ぐりたくなる。

【『日本婦道記』までの道のり】

山本は、大衆小説家として少しずつ活躍の場を拡げていった。後年、世界のクロサワが山本作品の数々を映画化した事実は有名だが、映画化は昭和四年『春はまた丘へ』から始まっている(俵屋《たわらや》宗八の名義)。『青空浪士』(昭和一二年)、『恋愛剣法』『腰元吉弥組』『喧嘩《けんか》主従』(昭和一三年)、『粗忽《そこつ》評判記』(昭和一四年)、『暁雲武蔵ケ原』(昭和一六年)と、戦前だけでも七作が映画化された。

昭和一一年一一月に撮影された、一枚の写真が残っている。映画音楽を担当した石田一郎との打ち合わせ風景だという。『青空浪士』の音楽なのだろうか。これらの映画タイトルは、いかにも「通俗娯楽」という感じ。

山本の最大の理解者である木村久邇典は、山本は昭和一五年くらいから才能が急速に開花したと言っている。それには、すべての生活を文学のために奉仕させるという刻苦勉励があった。それが、昭和一八年の『日本婦道記』の直木賞受賞へとつながってゆく。山本が直木賞を辞退した理由の一つとしては、この賞を授与する文藝春秋の代表・菊池寛《かん》との不和があったとされる。文壇のボスだった菊池に、山本は作品の掲載に関して恨むところがあった。そして、「曲軒」の本領発揮となった。また、選考委員の吉川英治に対しても反発を感じていた。

戦前・戦中の山本は、見事な武士の生きざまと死にざまを問う「士道もの」もたくさん書いた。「山本は戦争遂行に協力した」と見えなくもない。軍部の要請に応《こた》え、命の危険に満ちた戦地に赴く若者を鼓舞する小説群として、当時の山本の作品を批判することも可能だろう。吉川英治の『宮本武蔵』が、戦後の一時期厳しく批判されたように。ただし、山本の戦中の小説を平和な時代の今読むと、極限状況の中でも「自分」を見失わなかった本物の男たちの物語として、はなはだ感動させられる。『日本婦道記』もまた、本当の「自分」を失わなかった女たちの物語である。

話は逸《そ》れるが、山本は吉川英治が生理的に嫌いだったようで、「吉川武蔵」に対抗して、武蔵の俗人ぶりを暴露する短編『よじょう』（『大炊介《おおいのすけ》始末』収録）を書いたりした。だから、山本と吉川英治の「戦中もの」を同類としてあげつらうのは、山本の霊魂の怒りを買う危険性がある。でも、そこまで山本が吉川英治を嫌ったのは、学歴のない者同士、しかも一流の才能を持った者同士ゆえの「近親嫌悪」があったのではないか。ちなみに、ひらがなでタイトルが書かれた名作『よじょう』だが、これを漢字で書けばどういう意味になるのか。それは、原作を直接に読んでいただきたい。

山本の目は、人間性の真実の奥深くへと注がれ始めた。しかも、大衆小説という平易なジャンルでありながら、男性読者も女性読者も、大人から子どもまで感動の渦に巻き込んでしまう筆力があった。山本という名医（赤ひげ）は、成人科・小児科・婦人科のすべての面にわたって凄腕《すごうで》だったのだ。

【再婚と、日本一の小説家への道】

妻のきよいは、膵臓ガンを病み、昭和二〇年五月に逝去した。馬込の山本一家の近所に住んでいた吉村きんという女性が、病の重くなる一方のきよいや、幼い子どもたちの面倒を見てくれていた。山本は、このきんと昭和二一年一月に結婚した。山本四二歳、きん三六歳であった。ここから、山本の「日本一の小説家」への階段が、登り始められた。

『日本婦道記』の中に、『二十三年』という短編がある。病気の妻がいる。彼女は、大きな志を持つ夫や幼い子どもを残して死ななければならない。その妻の無念を、下女の「おかや」が受け継ぐ。おかやは、何としても残された者たちを幸せにしようとして、障害者を装《よそお》いながらも献身し続ける。この涙なしには読めない短編の「おかや」こそ、きん夫人だった。

さらに、きん夫人のイメージを漂わせる時代小説がある。きんには妹があり、二人とも美人として有名だった。この妻と義妹をモデルとして、『おたふく』シリーズが書かれた。いずれも短編だが、『おたふく』(『大炊介始末』収録)・『妹の縁談』(『つゆのひぬま』収録)・『湯治』(『松風の門』収録)の三作である。昭和二四年から二六年にかけて書かれた。この底なしに明るくて心の温かい姉妹こそ、山本が再婚して初めて知った新しい女性像だった。

後年の山本は、きよいを「前の人」、きんを「カミさん」あるいは「きんべえ」と呼んでいたという。山本は、きんとの結婚を機会に馬込を引き払い、横浜に移った。横浜は、山本が少年時代を過ごした場所でもあった。横浜市中区本牧元町に転居した山本は、この本宅のほかに仕事場を持った。それが、自宅の隣、本牧元町の「海の家」(隣家のラジオの騒音に悩まされた)を経て、横浜市中区間門《まかど》町の旅館「間門園」の一室に落ち着く。昭和二三年のこと。さらに、昭和二九年からは、同じ「間門園」の独立家屋（離れ）に移った。この間門園の仕事場で、戦後の山本の名作・傑作の数々が誕生した。山本が昭和四二年に逝去したのも、この仕事場だった。ここが、夏目漱石の「漱石山房」のような、執筆のための小屋だった。文字通り、こんもりとした小山の中にあった。戦後の二〇年間の山本の全盛時代が、やっと訪れた。

本牧の本宅と仕事場は、市電で三つ駅があるくらいに離れていた。夕食は、きん夫人が毎晩持参したという。平安時代の結婚形態は、夕方になると男が女の家を訪れる「妻問い婚」だったが、山本夫婦の結婚形態は女の方が夕方に男のもとへやってくる「通い妻」方式であった。彼女は、午後九時頃に帰宅することが多かったという。妻子の同居する本宅では、筆が取りにくいというタイプだったのだろう。

戦前は「夜型」で、一晩で四〇枚くらいの超人的ペースで原稿を書き上げていたという山本も、この頃になると「朝型」に転向し、午前中に執筆するようになった。しかも、一日に三枚から五枚程度にスピードが落ち、「遅筆」とまで称されるようになった。それだけ、文筆に対する思いが深まったのだろう。規則正しい食事や散歩も心がけた。夜はきん夫人の帰った後で、もっぱら編集者たちと大酒を飲み交わしながら文学談義にふけった。これが、山本のエネルギー源になると同時に、肝機能を低下させ寿命を縮めることにもなってしまった。

山本の作品の発表舞台も、大きく変わった。戦後まもなくの頃は、博文館の流れを汲《く》む雑誌『講談雑誌』と『新青年』が中心だった。それぞれの編集者の三木蒐一《しゅういち》と横溝武夫は、山本の親しい友人だった。三木は名挿絵画家の風間完の兄、横溝はミステリー作家・横溝正史の弟である。ところが、新しい出版文化が勃興するにつれ、山本は大きくスタンスを変えた。講談社、文藝春秋新社（現在の文藝春秋）、新潮社、朝日新聞社などが、山本の主要作品を掲載するようになった。

純文学志向の強かった山本は、「おもしろければ、それでよい」小説や、「読者を泣かせれば、それでよい」という小説を卒業して、本当に自分が納得できる「良い小説」を書こうと決心した。その時に、これら大出版社の編集者が山本の周りに集まってきたのだ。戦後の山本文学は、「花も実もある小説」あるいは「八方めでたしの小説」からの脱出ルートの模索だった、と山本の同行者であり、貴重な随聞記《ずいもんき》を残した木村久邇典は述べている。

【戦後の山本山脈の偉容】

ここからは、山本の人生は安定期に入る。取材旅行と、執筆のための旅を除いては、ほとんど動きはない。横浜の間門園の仕事場から生み出された山本の代表作の数々を、長編に限ってリスト・アップしてみよう。

・『山彦乙女』（昭和二六年『朝日新聞夕刊』に連載）
・『栄花物語』（昭和二八年『週刊読売』に連載）
・『樅ノ木は残った』（昭和二九年〜三三年　第三部まで『日本経済新聞』に連載、第四部は書き下ろし）
・『赤ひげ診療譚』（昭和三三年『オール讀物《よみもの》』に連載）
・『五瓣《べん》の椿《つばき》』（昭和三四年『講談倶楽部《クラブ》』に連載）
・『青べか物語』（昭和三五年『文藝春秋』に連載）
・『虚空遍歴』（昭和三六年〜三八年『小説新潮』に連載）
・『季節のない町』（昭和三七年『朝日新聞』に連載）
・『さぶ』（昭和三八年『週刊朝日』に連載）
・『ながい坂』（昭和三九年〜四一年『小説新潮』に連載）

何とも大変な精進である。この中でも、『樅ノ木は残った』『虚空遍歴』『ながい坂』は、大長編小説であり、大河小説といってもおかしくはない。山本は、日本の小説よりも、外国文学を愛読していたという。これら大河小説は、骨格がチマチマした「日本風の私小説」とは大きく違っている。山本を単なる「大衆文学者」ではないとして高く評価した吉田健一が、外国文学に造詣《ぞうけい》が深かったことと、関連があるかもしれない。

明治以来の、ちょっと陰湿でジメジメした小説の雰囲気が、山本や吉田健一たちの手によって、大きく変わろうとしていた。山本本人も変わった。そして、日本も変わった。

このリストに載せた大長編小説や長編小説の合間合間に、珠玉のような短編が絶えることなく生まれ続けた。山本は本質的に短編作家だったようで、短編の一作一作には汲めども尽きぬ味がある。この二〇年近い豊饒《ほうじょう》な山本の季節は、奇跡と言えるかもしれない。この季節に収穫された山本の名作の数々は、ほとんど新潮文庫に収録されている。その果実を収穫するのは、私たち読者である。あまりにも宝物がありすぎる倉庫に潜入した探検家は、目がくらんでどれから先に持ち出せばよいか迷ってしまうという。山本の名作も、どの順序で読めばよいか迷う人もあろうが、結局は読者が心惹《ひ》かれるタイトルから順番に読んでいけばよいのである。あるいは、本書のナビを参考にして、穫《と》り放題・食べ放題の山本果樹園の魅力を満喫していただくのもよいだろう。

【早すぎる死】

「山周」と愛され、畏敬《いけい》された山本周五郎の死は、昭和四二年二月一四日のこと。まだ六三歳だった。死因は、肝炎と心臓衰弱。だが、二〇年の間門園の仕事場での生産の後である。読者は、納得するしかないだろう。

山本本人は、どんな恩人であっても、よほどのことがなければ葬式には出席しなかったという。父親以上の父親だった質屋店主の山本周五郎の葬儀にも出ていない。人間は、生きていてこその交際である、と文学者の山本周五郎は信じていた。読者も、山本がもし生きていたらとかの無い物ねだりをするのではなく、彼が残してくれた膨大な名作を読むことが、山本に対する最大の供養《くよう》になることだろう。

山本の作品を読んで目がウルウルし、大泣きし、さっぱりする読者は多い。また、「花も実もない」結末である大長編小説『樅ノ木は残った』を読んで、人生の深淵《しんえん》を覗《のぞ》き込んだ思いがしてゾッとする読者も多いだろう。そういう感情に捉《とら》えられた瞬間、山本の肉声が本の中から聞こえてくる。曲軒と呼ばれた、喧嘩《けんか》っ早い、へそ曲がりの文学者の大声。だが、彼の肉声は、どこまでもピュア。人間のはらわたの底から振り絞ったような声である。だから、読者の心の一番深いところまで響き渡る。「曲軒」は、最も純粋で真《ま》っ直《す》ぐな人間、すなわち「直軒」だった。

山本は「墓はいらない、葬儀も不要」と言っていたが、それでは世間も遺族も許さない。作家・山本周五郎、本名・清水三十六の墓は、鎌倉霊園にある。「山本周五郎墓」と、大きな石に記されている。戒名は、恵光院周嶽文窓居士。すばらしい戒名だ。山嶽《さんがく》にもたとえられる名作の数々を残した山本。彼の文学の窓は、すべての人に対して開かれている。その窓からは、あまねく慈悲深い救済の光が流れ出している。

絶筆となったのは、『おごそかな渇き』。

……日本の近海から魚類がいなくなり、インド洋やアフリカや地中海まで漁撈《ぎょろう》にでかけなければならない。

木村久邇典の証言では、自筆原稿では最後は句点（。）ではなくて、読点（、）だったという。山本には、独特の文体があった。「……してい、」という口調もなつかしいが、普通の小説家ならば句点を打つようなところで読点を打っていることも多い。絶筆となった『おごそかな渇き』も、句点のような読点のような不思議な息づかいの箇所で筆が止められた。いかにも、山本らしい。

山本周五郎の作品に触れる人は、「怒りの人」であった作者の心に潜んでいたナイーブさや優しさや崇高さに感動するだろう。それをヒントにして、どう自分の現実の人生を切り開くことができるか。その解答が見つかったとき、峻厳《しゅんげん》きわまりない苛酷《かこく》な人生を生きた山本周五郎はきっと、読者の一人一人を叱《しか》ることもなく、含羞《がんしゅう》のしぐさで誉《ほ》めてくれることだろう。赤ひげが、青年医師・保本《やすもと》登を慈愛の目で育てたように。

周五郎が絶賛した「作家・山口瞳《ひとみ》」

周五郎は、作家として小説以外の文章を書くことを潔《いさぎよ》しとせず、エッセイ、評論の類《たぐい》をあまり書いていない。さらに、他人の作品を批評することも、文壇づきあいも避けたので、書評もほとんど書いていない。

その周五郎が、唯一《ゆいいつ》といって良いほどベタ誉《ぼ》めして書評したのが、山口瞳の処女作にして直木賞受賞作『江分利満氏の優雅な生活』である。

朝日新聞紙上に掲載された「江分利満氏のはにかみ」と題した一文（昭和三十八年四月九日。新潮文庫『酒みずく・語る事なし』所収）では、

「山口瞳。ありがたい作者があらわれたものだ」

と書き出し、芸術的などという尺度とは無縁の、

「彼は万人の心の中にある笑いや慟哭《どうこく》や、怒りや不満や涙を、『そら、ここにありますよ』と指摘してみせる」

と作者の姿勢に共感し、末尾を、

「惚《ほ》れなければこんなものは書けません。また、褒めることに咎《とが》はない、と思うのであります。失礼」

と締めくくっている。

周五郎と山口に親交はなく、純粋にその作品を誉めたわけである。山口の書いたもの（『新潮日本文学アルバム・山本周五郎』所収のエッセイ、山口瞳『旧友再会』等）によれば、二人が会ったのはこの書評が出てから二ヵ月程後で、周五郎は武田泰淳《たいじゅん》との対談を引き受ける交換条件として「文藝春秋」誌に山口との面会の斡旋《あっせん》を頼んだのだという。

相当なほれ込みようだったわけだが、希望がかなって築地の料亭で二人は対面する。それが、最初で最後の出会いでもあった。周五郎はいろいろと雑談したあとで、メモを取ること、日記を書くこと、それに多作せず良いものを書くことを勧めたという。自分が期待する新人作家が、マスコミに浪費されることを周五郎は非常に心配したようだ。

周五郎絶賛の作家・山口瞳

周五郎が作家としてシンパシーを感じた山口瞳。周五郎作品がお気に召した読者には、『江分利満氏の優雅な生活』『居酒屋兆治』（両者とも新潮文庫）などにもぜひ触れていただきたい。

山本周五郎ミニ・アルバム

右頁上／福井県内の旧宿場町・今庄にて
右頁下／今庄町内を流れる日野川
上／仕事場兼住居にしていた横浜市中区の旅館「間門園」の別棟にて
下／横浜市内根岸を散歩中の一枚
すべて昭和三十八年頃の撮影。右頁は、三十八年に連載を終えた『虚空遍歴』の舞台を再訪したときの姿である。

撮影／新潮社写真部・小島啓佑

山本周五郎をもっと良く知るためのガイド

今でも手にとって読める新潮文庫収録の山本周五郎の作品は、なんと全六十冊。中でも、作者本人の人となり、思考感覚を知るには、彼の数少ないエッセイ、評論等をおさめた、『**雨のみちのく・独居のたのしみ**』、『**酒みずく・語る事なし**』がお勧め。写真嫌いでも知られる作家の数少ない写真を収載して、その風貌《ふうぼう》や所作を伝えるものとしては、『**新潮日本文学アルバム・山本周五郎**』（新潮社刊）が充実している。

山本周五郎の案内者としても著名な文芸評論家・木村久邇典《くにのり》氏による評伝、『**山本周五郎—青春時代**』『**同—馬込時代**』『**同—横浜時代**』（福武書店）の三部作は、彼の人生とその文学を理解するのに最適の本。現在は絶版だが、図書館等を利用したい。

また、山本周五郎の原稿や書簡などの遺品を展示している施設に、出身地である山梨県の『**山梨県立文学館**』（甲府市貢川一—五—三五　JR甲府駅よりバスで約二十分　TEL〇五五—二三五—八〇八〇）と、作家として多くの時間を過ごした横浜にある、『**神奈川近代文学館**』（横浜市中区山手町一一〇　みなとみらい線元町・中華街駅から徒歩八分　TEL〇四五—六二二—六六六六）がある。両者とも、原則月曜日休館だが、開館日については要確認のこと。

年　譜

明治三十六年（一九〇三年）六月二十二日、山梨県北都留郡初狩村八十二番戸（現大月市初狩町下初狩二二一番地）で、父清水逸太郎、母とくの長男として出生。本名・三十六。清水家は、馬喰や繭の仲買、諸小売卸を家業としていた。

明治四十三年（一九一〇年）七歳　清水家は、四十一年から四十三年の間に、東京府北豊島郡王子町（現東京都北区）に移転。王子町の豊川小学校に入学するが、同年秋から翌春の間に、横浜市中区久保町に転居のため、中区内の戸部小学校へ転校。

明治四十四年（一九一一年）八歳　学区変更のため同区内の西前小学校二年へ転校。

大正五年（一九一六年）十三歳　西前小学校を卒業。東京市京橋区木挽町六ノ二（現中央区銀座七丁目十三番地二十三）にあった山本周五郎商店（きねや質店）に徒弟として住み込む。正則英語学校の夜間部、大原簿記学校へ通う。

大正十二年（一九二三年）二十歳　徴兵年齢に達したが、右眼視力が弱く丙種合格。九月一日の関東大震災で質店が罹災。店はいったん閉鎖となる。関西が文学の中心地になるであろうとの思案で大阪へ向う。「大阪朝日新聞」に罹災記を寄稿。神戸市須磨区の知人方に止宿して、タウン雑誌を発行する「夜の神戸社」の編集者となる。

大正十三年（一九二四年）二十一歳　一月半ばに帰京。質店は営業を再開していたが、復職せずに下谷や新橋の下宿で文学修行につとめる。翌年頃から、皇室尊崇主義に立つ青年向け教養雑誌「日本魂」の編集者となる。

大正十五年（一九二六年）二十三歳　「文藝春秋」に投稿した小説『須磨寺附近』が四月号に掲載され、文壇にデビューする。

昭和三年（一九二八年）二十五歳　千葉県浦安町（現浦安市）に仮寓して、定期蒸気船で通勤するが、出勤時間が一定せず、「日本魂」も部数が落ちていたため、社を逐われる。

昭和四年（一九二九年）二十六歳　東京へ戻り、「中外商業新報」（現日本経済新聞）や、博文館発行の「少女世界」に童話や少女小説を発表する。『春はまた丘へ』が、東京市が募集した児童映画脚本懸賞に当選する。賞金五百円で北海道旅行に出る。

昭和五年（一九三〇年）二十七歳　土生きよ以と結婚。神奈川県鎌倉郡腰越町（現鎌倉市）に新居を構える。

昭和六年（一九三一年）二十八歳　東京府下荏原郡馬込村（現大田区馬込東）に転居、尾崎士郎、広津和郎ら馬込在住の芸術家と交際が始まる。長男篌二が生れる。

昭和七年（一九三二年）二十九歳　初めての大人向け娯楽小説『だだら団兵衛』を「キング」に発表。

昭和八年（一九三三年）三十歳　長女きよ誕生。前衛的な現代小説『溜息の部屋』『豹』を「アサヒグラフ」に執筆。

昭和九年（一九三四年）三十一歳　六月二十六日、父逸太郎が脳溢血で死去。

昭和十年（一九三五年）三十二歳　次女康子誕生。このころから、「キング」「アサヒグラフ」「婦人倶楽部」「新少年」などの主要誌に旺盛に作品を発表するようになる。

昭和十七年（一九四二年）三十九歳　『日本婦道記』シリーズを「婦人倶楽部」を主にして発表開始。

昭和十八年（一九四三年）四十歳　『日本婦道記』が第十七回直木賞の候補に推されるが、これを辞退する。次男徹が誕生。

昭和二十年（一九四五年）四十二歳　妻きよ以、膵臓癌で死去。

昭和二十一年（一九四六年）四十三歳　吉村きんと結婚。横浜市中区本牧元町へ転居。『寝ぼけ署長』を「新青年」で連載開始。

昭和二十三年（一九四八年）四十五歳　自宅から市電の停留所で三つ離れた中区間門町にある旅館「間門園」の一室を仕事場とする。

昭和二十六年（一九五一年）四十八歳　『山彦乙女』を「朝日新聞」で連載。

昭和二十九年（一九五四年）五十一歳　『樅ノ木は残った』を「日本経済新聞」で連載開始。「間門園」の別棟を仕事場として借り切り、独居生活に入る。

昭和三十三年（一九五八年）五十五歳　『樅ノ木は残った』を完成。『赤ひげ診療譚』を「オール讀物」に連載。

昭和三十四年（一九五九年）五十六歳　『樅ノ木は

残った』が毎日出版文化賞に選ばれるが受賞を固辞。

昭和三十六年（一九六一年）五十八歳　前年に「文藝春秋」で連載した『青べか物語』が文藝春秋読者賞に推されたが、これを辞退。『虚空遍歴』を「小説新潮」に連載。

昭和三十八年（一九六三年）六十歳　『さぶ』を「週刊朝日」に連載。講談社から『山本周五郎全集』（全十三巻）を刊行。

昭和三十九年（一九六四年）六十一歳　『ながい坂』を「週刊新潮」に連載。十二月に「間門園」の踏み段で転落、健康が急に衰える。

昭和四十二年（一九六七年）六十三歳　『おごそかな渇き』を「朝日新聞日曜版」で連載開始。二月十四日午前七時十分、肝炎と心臓衰弱のため、「間門園」別棟の仕事場で死去。戒名、恵光院周嶽文窓居士。鎌倉市内、朝比奈峠の鎌倉霊園に葬られた。五月、新潮社から『山本周五郎小説全集』（全三十八巻）の刊行が開始された（四十五年六月完結）。さらに、昭和五十六年九月より新潮社から『山本周五郎全集』（全三十巻）が刊行された（五十九年二月完結）。

文《ぶん》豪《ごう》ナビ 山《やま》本《もと》周《しゅう》五《ご》郎《ろう》

新潮文庫　や－2－0

平成十七年一月一日 発行
令和 三 年五月二十五日 九 刷

編者 新《しん》潮《ちょう》文《ぶん》庫《こ》

発行者 佐藤隆信

発行所 株式会社 新潮社

郵便番号 一六二―八七一一
東京都新宿区矢来町七一
電話 編集部(〇三)三二六六―五四四〇
読者係(〇三)三二六六―五一一一
http://www.shinchosha.co.jp

価格はカバーに表示してあります。

乱丁・落丁本は、ご面倒ですが小社読者係宛ご送付ください。送料小社負担にてお取替えいたします。

DTP組版製版・株式会社ゾーン
印刷・株式会社光邦　製本・株式会社大進堂

ISBN978-4-10-113400-0 C0195